I0542816

SNE

Alexander Kielland

Sne

Copyright © JiaHu Books 2016

First Published in Great Britain in 2016 by Jiahu Books – part of Richardson-Prachai Solutions Ltd, 434 Whaddon Way, Bletchley, MK3 7LB

ISBN: 978-1-78435-165-6

Conditions of sale

All rights reserved. You must not circulate this book in any other binding or cover and you must impose the same condition on any acquirer.

A CIP catalogue record for this book is available from the British Library

Visit us at: jiahubooks.co.uk

I

Naar Sneen falder efter Storm — tæt, tung og nøiagtig —
udfylder Fordybninger, jævner Spidser og skarpe Kanter, da er det
underligt at tænke sig, at dette er det samme Vand, som kan risle og hoppe,
skumme som Røg i Fossen og finde Vei med modige Strømbølger ud i det
frie blaa Hav.

Og derude naar Sommersolen langsomt og sent skjules bag de sidste
skinnende Striber yderst i Vest, hvor Havets sporfrie Vei krummer sig
Jorden rundt, der sanser du ikke let, at de friske guldkantede Bølger, hvor
Fisken leger, og Livet gror, at dette er det samme Vand, der kan ligge og
trykke Hustagene som tung død Sne, bøie Træer og Grene og stænge
Veiene fra Mand til Mand.

Da blir der ganske stille i de store Skove. Al Lyd knappes af og indsvøbes i
den snefyldte Luft, som ikke kan svinge, — en tung, blød Stilhed som i
tykke Dyner; og Bækkens Klunk under Isen kommer i dunkle Slag som de
dybe Toner fra en Spilledaase under Hovedpuden.

Men lette og lydløse som forsigtige Spøgelser daler de hvide Filler — store
naar de kommer nær og mindre og mindre opover, indtil Øiet stanser
under en lav, graaprikket Himmel, som ligger lige nedpaa Træerne.

Oppe i Fjeldene, hvor Stormen havde blæst Flekker bare og rystet den høie
Lyng, lagde Sneen nye hvide Tæpper, hvis Folder hang udfor de bratte
Skrænter og bølgede henover Fjeldmarken.

Men længer nede mod Dalen brød Skoven igjennem og reiste sig med Sne
i Haaret — stille og mørk rundt omkring Markerne i Dalbunden, hvor alt
var hvidt undtagen de lumske sorte Steder i Elven, som aldrig frøs.

Alt fladt og skraat lik Kaabe og blev borte uden Form. Hele Præstegaarden
blev nøiagtigt oversneet indtil den mindste List langs Vinduskarmen; —
selv oppe paa Knappen af Flagstangen stablede Snefillerne sig forsigtigt
sammen til en høi Top.

Det gamle Udhus foran Dagligstuens Vinduer indhylledes fra øverst til
nederst, saa ingen kunde se, hvor radbrækket og elendigt det var.

Kirkeveien henover Markerne blev ganske borte: og Jasminerne om
Præstegaardens Lysthus bøiede sig helt til Jorden.

Alle Veie stængtes; og hver Husstand mødtes i Ovnskrogen, for at se paa
de samme Ansigter og følges sammen i den lille optraadte Ring af deres
egne verdensfjerne Tanker. Og fra den koselige, lune Varme og det røde
Lys fra Ilden, som gjorde alt derinde sundt og muntert, hentede de alle en

velbehagelig Fornemmelse af Modsætningen mellem inde og ude, mellem
deres egen lille Krog og de kolde Vidder, mellem det hjemlige og det
fremmede — en stille, tæt Selvtilfredshed — beskeden og graa, men ganske
uigjennemtrængelig.

Og naar Lampen blev tændt, var det Hovedstadens Avis, som bragte
Gjenlyden af Verdens Larm ind i alle Snelandets Ovnskroge. Og
Hovedstadens Avis bragte den Gjenlyd, som passede.

Der var ingen fortærende Længsel mod Sol og Skjønhed, ingen vidtløftige
Tanker og Tvivl, ingen letsindig Beundring af den store Verdens falske
Glans.

Men der var Skrig af Blod og Lidelse fra Samfundenes Dyb; der var
Fordærvelse og Forbrydelse — helt ned til de smudsigste og utidigste, hvor
en sund Tanke kunde væmmes ved at følge; der var Raaddenskab i
Bunden, og den steg og steg og stansede ikke førend ved Thronens Fod —
der, hvor der endnu var Throner; men ellers overalt og nedenfor væltede
Folkene sig i løste Lidenskabers Blod og Smuds.

Saaledes var Hovedstadens Avis.

Og naar den alligevel laa i Lampens fromme Skjær paa Familiebordet
rundt i alle Landets lune Ovnskroge, og naar hver Haand udstrakte sig efter
den — baade Husfaderens og Kvindernes ligetil den halvvoxne Piges blege
Fingre, saa var det fordi alt dette modbydelige Stof blev baaret af den ægte
kristelige Aand, som besjælede de Mænd, der skrev i Hovedstadens Avis, og
som var Bladets egentlige Kjærne og Livsprincip.

Derfor fulgte Tanken trygt og uden at væmmes ned i de sorteste Dyb af
Menneskers Fordærvelse og Menneskers Ondskab. Thi al den
menneskelige Vederstyggelighed, som Bladet rummede, den dæmpedes og
svandt i den kristelige Fortrøstning, at det altsammen var saa langt borte:
Guds lille Flok kunde lade Verden larme; Vægterne vare paa Murene; men
Herren vaagede selv med Vægterne.

Og hvis en Tanke — træt af at løbe Dagens jævne Løb: fra sig selv, rundt
om sig selv og tilbage til sig selv — kunde prøve at famle udover i Længsel
mod andre Tanker eller i pinlig Deltagelse for Millionernes Lidelser og
Kampe lang borte, da reiste Hovedstadens Avis sig i fuldt Ornat og sagde:
mange ere de kaldede, men faa de udvalgte.

Og henimod Klokken ti, naar hverken Amerikas Revolvere eller Paris's
Liderlighed længer formaaede at holde dem vaagne, takkede de sin Gud af
et oprigtigt Hjerte, fordi de slap at leve derude blandt Svinene, men vare
udvalgte til at være de Udvalgte i det lykkelige Land med de lune
Ovnskroge. —

Imidlertid faldt Sneen tæt i Mørket udover den lange Vinternat, og Lys efter Lys sluktes i den søvnige døde Kulde. De sidste Vinduer i Dalen, som blinkede til hinanden tversover Elven, var Præstens og Fogdens; — der sad de endnu oppe — læste, tænkte og vaagede for de andre.

Men om Morgenen var Bønderne ude med Sneplougen og brøitede Vei for Posten; den maatte jo frem ialfald,— skjønt den desværre førte baade godt og ondt med sig omkring i Bygderne. Hovedstadens Avis maatte følges med meget Giftstof, som sivede og seg sig ind i Landet.

Onde Tider og onde Mennesker; Uro i Sindene og Oprør mod Gud; de fordærvelige Tanker fra Fordærvelsen derude — de kom, de kom — som en Fest gjennem Luften.

Men endnu var der Fred i de kirkestille Dale; og der havde længe været Fred.

Halvkvalte under Sneen laa Bondens Huse — tunge og lave, modløse og lige hinanden, med smaa forsigtige Vinduer, der vogtede paa sit og lod, somom de ingenting saa. Mellem Gaardene førte Krogveie og trange Jeiler brat op og ned med store Stene og dybe Huller om Sommeren og tilføgne om Vinteren, saa at de kjørte bent over Marken.

Lys og frimodig laa Præstegaarden aaben til Postveien med Lysthus og Flagstang. Midt paa Tunet var den høie Galge, hvor Ungdommen gyngede om Sommeren, Ballancerstangen halvt undersneet; de to Rækker store Vinduer i det vidtløftige Hus smilede med Blomster og Gardiner. I Indkjørselen fra Veien var Sneen skuffet tilside og laa høit op paa Stammene af de unge Grantræer, der vare plantede som Hæk.

Men midt i Dalen, hvor Elven gjorde en Krumning, laa Kirken omgivet af Præstegaardens Marker. Den var taarnløs og hvidkalket, enfoldig og uanseelig, men stærk og tykmuret. Den laa taus og lukket; og ingen rørte ved Døren, undtagen naar Præsten sendte Klokkeren med Nøglen.

Men rundt omkring i Dalene og opefter Aasene og i Heiene langt inde i Fjeldene — der vidste Folk, at idag sender Præsten Klokkeren med Nøglen; idag er Guds Hus aabent, og Herrens Tjener slipper alle ind.

Alle de bekymrede og betrængte, som sad indsneede i sig selv i Tvivl eller Bekymring, i haabløs Lede eller med halvtugtede Lyster snusende omkring gruelig Udaad, forskræmte Piger i Ungdoms Fristelse og gamle Syndere med Angeren i Halsen — kommer hid alle I, som syge og sorgfulde ere, det er Prækensøndag.

Og de kravlede ud i Graalysningen, spændte Ski under Fødderne eller den langraggede Hest for Slæden; og paa Veien formede hver sit, som han skulde se at faa afgjort med Gud.

I Kirken sad de stille og ventede — Mændene paa den ene og Kvinderne paa den anden Side; og de hørte den stærke Stemme over dem, som talte paa det fine Maal.

Han tolkede den hellige Skrift med Alvor og uden vanskelig Lærdom. Men klart og greit vidnede han mod de onde Tider, mod Oprør og Trods i stort som i smaat; mod de falske Profeter, som forvende Folkenes Hjerter. Med Skriftens egne Ord revsede han de selvkloge og gjenstridige; han prædikede Lydighed under Herrens Tugt og Lov, under den af Herren indsatte lovlige Øvrighed; han skildrede den kristelige Ydmyghed, som fornedrer sig selv; den taalmodige Kristen, som ikke bekymrer sig.

Det var Guds Ord purt og rent; den sande uforfalskede Kristendom, ganske som i Hovedstadens Avis.

Og Folket kravlede hjem igjen — tunge og saa underligt tomme i Øinene, og hver enkelt sagde stille til sig selv: „næste Gang vil han tale til mig, næste Gang."

— Men langsmed det undersneede Land væltede Havet sine iskolde Vinterbølger, mens det ventede paa Vaaren, som skulde sende al den døde Sne tilsøs i modige blaa Strømbølger og fylde Dalene med Løvlugt og Fuglelyd og lufte ud i de kvalme Ovnskroge.

Og mens de ventede, reiste de utaalmodige Brændinger et Bulder, som rullede og rullede indover de første Fjelde og dulmede og døde i Sneviddernes uendelige Stilhed. —

Men e n Lyd er der, — der er en Lyd i Sneen, som Øret drager til sig i aandeløs Lytten, — en munter liden klingende Lyd af ringlende Bjælder langt borte i Skoven.

Naar de melder fra Kjøkkenet, at der høres Bjælder, løber alle ud af Stuen — de unge først og de gamle bagefter. I tæt Klynge i den aabne Dør uden at ænse Sneen og elleve alvorlige Frostgrader staar de med bankende Hjerter og Smilet færdigt — lyttende, lyttende — hys! — hørte du noget?

Imidlertid traver trætte Heste, som damper af den faldende Sne henimod de lune Ovnskroge rundt om i Dalene, og ud af Pelskraverne speider længselsfulde Øine efter en Lysning i Skoven, efter nogle kjendte Vinduer med røde Gardiner. Og det fine Klokkespil, den store Dombjælde, de mange smaa Messingbjælder helt ned til den tarvelige Klokke under Halsen paa Skydshesten — de ringer og klinger saa langt de kan, frister, skuffer, hvisker og kriller i de smaa rosenrøde Øren, som lytter i Dørene.

Og de lune Ovnskroge aabner sig, saa at Lyset skinner gult ud i Sneen og lukker sig igjen varmt og trygt om de ny ankomne. Udenfor falder Sneen som før, og Skydshesten lunter hjemigjen i Mørket, Gutten sover i Slæden, og Bjælden har ingen Klang mer, fordi ingen lytter efter den.

Og saa begynder Munden at gaa paa dem, der kom — en Strøm af Fortællinger, der skyller Spørgsmaalene foran sig, — en Hvirvel i

Ovnskrogen, som fylder Stuen med Snak og Latter til over tolv.

Baade de, som kom, og de, som ventede, vare lig opstemte Vande, der slap sig løs i Gjensynet; og i en almindelig smitsom Lyst til at faa Besked og give Besked aabner alle sig til en uvant Fortrolighed; og et Mod, en Følelse af Overlegenhed fører de ankomne langt ud i dristige Tanker, saa at de ser paa hinanden med store Øine — de, som hører til i de lune Ovnskroge.

Men det jævner sig snart i Dagene efterpaa.

Den første Aftens ustyrlige Livlighed dæmmes efterhaanden inde, eftersom hver faar alt sit fortalt og alle de andres hørt; og lidt efter lidt bringer det fælles Liv om Dagen Tankerne ind i den fælles Ring om Aftenen, naar Mændene røger Tobak og snakker om det, de har læst i Hovedstadens Avis. Og tilslut bliver der ikke saa meget tilbage af det vilde Mod fra den første Aften. De dristige Tanker, som feiede gjennem Ovnskrogen i det første Mødes større Afstande, de klippes lidt hist og lidt her og tage mindre Vingeslag, alteftersom man gjensidig kommer nærmere indpaa hinanden.

Og skulde der endnu være noget ungt Overmod tilbage, saa dukkes det lempeligt ned i Hovedstadens Avis, og der bliver det. Men hvis det alligevel kommer op igjen, saa maa det udenfor Ringen, ud af Ovnskrogen.

Thi der er kun et af to: enten ude eller inde.

Enten lunt og varmt i en Ring eller ensom udover Vidderne, enten følges trygt og beskyttet med de andre rundt omkring sig selv, eller selv gaa sin egen Vei i Sneen.

II

Det gamle radbrækkede Udhus laa lige foran Dagligstuen og Kontorets Vinduer, og Indkjørselen svingede tæt omkring dets skjæve Hjørne. Det stod midt iveien for alt og midt i Synet for alle, og var til liden eller ingen Nytte. Thi Forpagteren vilde heller sætte Hø og Halm i Tjelmer end betro noget til det gamle Hus; og han kunde ikke formaa Præsten til at reparere.

Der gik vel ikke mange Dage, uden at Daniel Jürges vendte Øinene tilsiden, for ikke at komme ind i de Tanker, som det gamle Hus vakte. Og om det end med Tiden alt sjeldnere hændte ham, at han gjennemgik alle de Ærgrelser, det Hus havde voldt, saa stod det dog altid der midt foran ham, og selv om han ikke saa det, var det dog aldrig helt ude af hans Sind; og naar han ikke var frisk eller tung i Humøret, sad han i Kontorvinduet og stirrede paa det.

Da han for ti Aar siden kom til Kaldet langt nordenfra, hvor der havde været saa trangt og koldt, syntes den brede Dal med Agre og store Skove ham et frugtbart Kanaan, hvor Sindet kunde udvide sig og Øiet forlystes i Solskin og rank Væxt efter al Forkrøblingen der nordpaa.

Men det første, som stødte hans Øie, da han glad og ivrig sprang af Kariolen, for at tage sin nye Præstegaard i Besiddelse, var dette gamle Hus — saa kroget og forsømt, men alligevel saa trodsigt i al sin Skrøbelighed.

Præsten Jürges kunde ikke begribe, at Formanden i Kaldet havde kunnet lade et saadant Skrammel staa uden Reparation, og noget af det første han derfor spurgte om, da han mødtes med Bygdens bedste Mænd, var dette med Huset, hvorledes det kunde gaa for sig, at en af Præstegaardens Bygninger henstod i en saadan Forfatning?

Ja det var nu saa altfor galt med det Hus — mente en, han havde saamange Gange sagt, der burde gjøres noget ved det; — forlænge siden — mente en anden; en tredie havde mange Gange undret sig paa, at det ikke dat ned af sig selv.

Ja, men Præsten vilde gjerne vide, hvem det egentlig paalaa at reparere Bygningerne paa Præstegaarden?

En af de ældste begyndte da at fortælle, hvorledes det havde været med de Ting i hans Fars Ungdom; og en anden kom med noget han havde hørt af sin Moster, hvis Moder tjente i Præstegaarden, dengang de havde Prausten Basse, — han, som de kaldte for Stampe-Gunnar og som engang faldt ned af Prækestolen Juledags Morgen; — men dette blev for langt for den nye Præst.

Han var ikke bange for lidt Omkostninger; de kunde jo hjælpes ad — Præst og Menighed — i al Samdrægtighed — ikke sandt? Han — Præsten — skulde gjerne hugge, saa kunde Almuen kjøre Tømmeret frem; var det ikke saa Landsens Skik fra gammelt? — de skulde saamænd nok komme overens.

Præsten Jürges nikkede venligt og saa omkring i Kredsen fra den ene til den anden. Ingen sagde hverken ja eller nei; de syntes nok, det gik svært fort. Men saasnart der var kommet nogenlunde Orden efter Indflytningen, sendte Præsten sine Husmænd — ja han fulgte selv med i Skoven og huggede med Liv og Lyst, hvad der kunde være passeligt til Reparationen.

Mens de arbeidede, kom der to Mænd gaaende. Præsten kjendte dem og gik dem glad og varm imøde. Det var noget saa uvant for ham at have denne Mængde Træer at vælge iblandt. Skoven laa til Præstegaarden eller til Bygden, Rettighederne vare saa mangfoldige og indblandede, Grænserne vidtløftige og ubestemte — han havde læst en hel Del Papirer om det; men det var jo ikke muligt at huske. Hovedsagen var, at Skoven var offentlig Eiendom, og Træer var der nok af.

„Se her — mine Venner!" raabte Præsten Jürges og rakte sine Hænder mod de to; „nu skal det gamle pukkelryggede Hus faa Skik paa sig; se for deilige Træer, jeg har fundet mig!"

De to Bønder sagde først Goddag, Gud Signe Arbeidet, vakkert Veir og mange andre Ting, som hørte til deres Maade at begynde paa; og de lod sig ikke forvirre af de hurtige Ord. Præsten Jürges, som kjendte Bonden tilbunds, agtede heller ikke stort paa det, de stod og mumlede, men snakkede videre om sine Træer.

Imidlertid skulde de, som hug for Præsten, just tage fat paa et nyt Træ; men de stod og tøvede, puslede med Øxeskafterne og syntes vente paa noget.

„Nu?" — raabte Præsten; „hug væk — Folk! tag den Granen der ved Stenen, som jeg har vist Jer: — ikke sandt? — det er et godt Træ — og passeligt stort?"

Aa jo; det manglede ikke paa d e t ; Træet var v e l nok. Der var ellers — mente den ene af de to Mænd, — en Plads længer øst i Skoven, hvor de pleiede at hugge for Præstegaarden; hvis-som atte Præsten — æ — vilde følge med dem, saa skulde de vise ham —

Aa langtifra; de skulde saamænd ikke have nogen Uleilighed for hans Skyld; han skulde nok finde, hvad han behøvede. Og jo nærmere Præstegaarden desto letvindtere for Almuen, som skulde kjøre det frem; — Træer var her jo — Gud være lovet — nok af.

„Ja det var et sandt Ord, Træer er her nok af," sagde den ene; og lidt efter sagde den anden det samme.

De stod der, indtil Præstens Husmænd endelig efter gjentagen Ordre gav sig ilag med Granen ved Stenen; og derpaa sagde den ene af de to Mænd: „Ja, saa faar vi vel rusle hjemover igjen — vi da."

„Ja, vi faar vel det," mente den anden.

Og Præsten tog hjerteligt Afsked, sendte Hilsener til deres Koner og raabte tilslut efter dem: „Lad mig nu se, I sørger for, at Tømmeret blir fremkjørt, saasnart vi faar Sne nok."

„Ja, det er bedste Tiden til at kjøre Tømmer, naar Sneen er løs," sagde den ene.

„Det falder justsom lettere baade for Hest og Mand," lagde han til — den anden; og dermed gik de.

— Men der kom Sne baade nok og mer end nok; og hver Dag ventede Præsten Jürges forgjæves paa det lange Tog af dampende Heste, som skulde føre Tømmeret tilgaards; han vilde begynde strax at støtte Huset op indvendigfra, saasnart Dagene blev lidt længer.

I Førstningen lo han saa smaat af de seige Bønder, som aldrig kan faa Fart i sig. Og naar Fogden, som var kjendt i Bygden, skjældte dem ud for det

11

værste, han kunde finde paa, gik Præsten i al Godmodighed og forsvarede sine Sognebørn: det tog jo ganske vist lidt Tid; men tilslut kom det dog paa en Maade tidsnok alligevel.

Men da Vinteren gik, og Fogden ved Paasketider triumferende spurgte, om Tømmeret var fremkjørt, da var det for galt, der maatte være Maade med alt! Og Præsten Jürges viste sig for første Gang sint i Kommunebestyrelsen, idet han reiste sig og efter mange revsende Ord for deres utilladelige Dorskhed og Langsomhed med Bestemthed forlangte, at nu skulde Tømmeret fremkjøres paa Øieblikket.

Efter en lang Stilhed begyndte en: „Det er nu saa fra gammel Tid her i Bygden, at vi har to opnævnte Mænd, som anviser, hvad der maa hugges og hvor der maa hugges; — og saa er det endvidere saa, atte —"

Præsten af brød: „Jamen derom er her ingen Tale; for Tømmeret er jo hugget og ligger færdigt tæt ved Postveien."

„Og det var vel kanske anvist til Udhugst af de to opnævnte Mænd? —" spurgte en fredelig Stemme; „du var vel med og viste ud for Præsten — du Hans? — for det er jo du og Eivind, som er de opnævnte?"

„Ja, vi var der beggeto, — jamen var vi saa," sagde den ene af de to Mænd, som havde været i Skoven.

Lidt efter sagde den anden: „aa jamen var vi saa — ja! — beggeto."

„Og saa mærkede I vel Træerne, som Præsten skulde hugge? —" spurgte den samme fredelige Stemme.

Men Præsten afbrød igjen lidt utaalmodigt: „Det er jo ikke mer at snakke om — den Ting; Træer er her jo nok af; og jeg tog det lille, vi behøvede til Reparationen d e r , hvor det var lettest at kjøre frem."

„Men — men monstro det ikke skulde været anvist?"

„Det er nok muligt; jeg er jo ikke saaledes inde i disse Detailler endnu, men jeg synes ikke, det er noget at gjøre Ophævelser over."

„Men," begyndte en igjen, „naar det nu netop traf sig saa, at de var paa Pladsen — begge de opnævnte Mænd, for at anvise for Præsten, endda de ikke havde faaet Bud —"

„Anvise! — anvise?" — raabte Præsten ærgerlig; „der var ingen, som sagde, han skulde anvise. Jeg snakkede et Par Ord med Hans og Eivind, det husker jeg nu; men de sagde ikke et Ord imod, at jeg hug, hvor jeg selv vilde."

„Det er nu det ——— æ —" begyndte Hans langsomt og lidt dirrende i Maalet; „det er nu det, at vi har to Vidner paa det — foruden jeg selv og han Eivind."

„Vidner! — Vidner? — paa hvad?" raabte Præsten Jürges.

„To rigtig gode Vidner," sagde Eivind.

12

Alle sad nu spændte og saa ned. Mon den nye Præsten vilde drive det saa vidt: at nægte mod to Mands Vidne?

Hans fortsatte: „For det er nu det, at baade gamle Aslag og Sønnen hans, som hug for Præsten, de er begge villige paa Ed, at Præsten nægtede sturt at følge øst i Brækken, hvor Præstegaarden altid har hugget fra gammel Tid."

„Det gjorde han — ja; det er sikkert og vist," sagde Eivind.

„Men Herregud! — Mennesker! — jeg ved ikke, om jeg skal le eller græde af Eder. Er det derfor, I ikke vil kjøre Tømmeret frem? Ikke vidste jeg hin Dag, vi hug, at Hans og Eivind var de opnævnte Mænd; hellerikke sagde de, at de kom, for at anvise. Og det Snak — jeg husker godt, der var noget Snak om at gaa østover, — det tog jeg bare for et velvilligt Raad; og naar jeg ikke fulgte det, saa var det udelukkende af Hensyn til Almuen, som skulde kjøre; mig kunde det jo være ligegyldigt."

En, som ikke var kjendt, vilde ikke forstaaet paa de smaa Øiekast, der gled skjævt fra Mand til Mand, hvor elendige de allesammen fandt denne Udflugt. Og den venlige Stemme sagde ud i Luften noget om, at det altid var bedst at spørge sig for; saa farer en ikke galt afsted.

„Aa, der er nu ikke stor Skade skeet," sagde Præsten skarpt, han ligte ikke den fredelige Stemme; „en anden Gang skal jeg med Fornøielse hugge efter Anvisning; men naar det nu engang er gjort, og Tømmeret ligger der færdigt, saa faar I se til at faa det kjørt frem — og det baade fort og snart, for det lider mod Førefald, og Sneen er ikke at stole paa længe nu."

Der blev igjen stille, indtil en sagde: „det skal være snaut nok, om her blir Tid til at hugge før Vaaren."

„Hugge? — hugge omigjen? — I vil da vel ikke, jeg skal hugge en Gang til?" raabte Præsten Jürges; men da han saa de urokkelige gjenlukkede Ansigter, forgik Taalmodigheden ham.

„I er dog ret nogle ——— hm! — nogle besynderlige Mennesker! — I benytter Jer af en liden Formfeil fra min Side til at gjøre Krangel og Uføre. Er det vakkert imod Præsten? — er det kristeligt mod en Broder? — tænk om vi alle skulde gaa saaledes irette med hinanden, — eller tænk, om Vorherre vilde være ligesaa nøieregnende med Eder."

Det spændte i Ansigterne gik over til det almindelige Kirkealvor; de ventede en Præken og en Overhaling, og det var de vant til.

Og saasnart Præsten stansede, begyndte en og anden at røre paa sig, for at gaa; og Præsten, som nu forstod, at de skammede sig, spurgte alvorligt, men tillidsfuldt:

„Altsaa: lad mig nu høre, hvad Dag I vil kjøre det Tømmer frem; I ved alle, hvor det ligger; det er jo ikke stort."

Aa nei, saa svært meget var det ikke, mente en.

13

Nei for den Sags Skyld var det ikke noget at snakke om, sagde en anden.
Derpaa forsikrede en, at han mageligt skulde kjøre hele Stasen paa en Dag
med sine egne Heste, — mer var det ikke.

„Jaja, saa snakker vi ikke mere om den Ting. Paa Mandag begynder
Kjøringen; og jeg tænker," tilføiede Præsten Jürges smilende, „jeg tænker
den første, jeg ser, er han Knud selv."

Det var Manden med den fredelige Stemme; men han saa sig lidt om og
svarede derpaa stilt og koldt:

„Jeg tvivler paa, at her skal findes en eneste Mand i Sognet, som vil gjøre
sig delagtig i det, som er begyndt imod Loven, endda Præsten vil gaa i
Spidsen."

Og alle sluttede sig til dette, — det var tydeligt at se. Men da blev Præsten
sint for Alvor og skar ordentlig op for dem; og Mødet sluttede i etslags
Tordenveir, udaf hvilket Præsten fór i lynende Vrede uden Forsoning og
Farvel. —

Fogden lo, da han hørte det, han lo himmelhøit og gned sig i Hænderne;
om han nu endelig havde faaet Øinene op — Præsten? s a a han nu, at
dette Kjæltringpak ikke undsaa sig for at hænge sig i den mindste
Ubetydelighed, naar de kunde faa istand en Krangel og slippe for at gjøre
sin Pligt? „Nei nei! — Pastor Jürges! Bønderne hernede er andre Karle end
de fattige Fiskere nordpaa; her er de Panden tude mig klogere end baade
Præsten og Bispen, — for nu ikke at tale om Fogden — den Stakkar!"

Og ude blandt Almuen gik der en Bevægelse efter dette første Tag med
Præsten. Kaldet var saa stort og godt, at de aldrig fik andre Præster end
saadanne, som skulde til Ro og have det rigeligt efter de magre Aar; det var
baade erfarne Mænd og myndige Herrer. Derfor var Sognet kjendt for at
have en daarlig Præstelykke.

Og den nye havde ikke begyndt godt.

Ethvert Barn — eller ialfald hver eneste voxen vidste, hvor farligt det er
med ulovlig Hugst, naar det først kommer op, og hvor mange der er
komne i Omstændigheder for mindre end dette. Maatte saa ikke Præsten,
som havde læst saa meget, og som selv eiede alle Bøgerne, vide endnu bedre
Greie paa de Ting? Og gjorde han saa stik imod Lovens klare Ord, saa
maatte det være, fordi han troede sig lige saa grom en Pave som gamle
Prausten Basse selv.

Men saa var det dette, at Præsten havde sagt, han hug saa nær
Præstegaarden, fordi det skulde være bekvemt for Almuen; — det lignede
ikke, for gamle Basse var ikke dum. Men det var dumt at ville bilde dem
sligt ind. Embedsmændene kunde være af begge Slag, nogle vare meget
værre end andre; men det, som der ikke var Mening i, det kunde ingen tro.

14

Saaledes kunde de ikke blive enige om, hvad Præsten havde ment; de forstod ham ikke; men at der stak noget under, det forstod de ganske godt og tydeligt. Derfor var det sikrest at holde sig strix efter Lovens Bogstav og ikke blande sig i Vidtløftigheder.

At Præsten for sin egen Part kunde risikere noget for det, han havde gjort, det faldt dem ikke ind; — en Amtmand, som satte en Præst under Tiltale for ulovlig Hugst, — det var jo til at le af.

Men de havde saa ofte seet Loven glide blind og sløv henover baade Personer og Ting, som nu de efter sin Forstand syntes laa midt i Veien; for saa til Gjengjæld med alle sine frygtelige Klør at hage sig fast et andet Sted, hvor de ikke syntes, der var Spor af Fæste.

De kjendte dem ogsaa saa temmelig godt — disse Jurister, som kom i Flok, og som alle var i Ledtog, hvormeget de end spillede denne Komedie om Formiddagen med Modparter, Forsvarer og Anklager og det andet Fjæsk. Naar de slog sig sammen, saa kunde de bringe, hvad det skulde være til at forsvinde og til Gjengjæld linde, hvadsomhelst de vilde, bagom Ordene eller mellem Linierne eller hale det ud af Vidnerne.

Nei — nei! der var kun et, som var sikkert; ikke at dyppe den yderste Spids af sin Finger i nogetsomhelst, hvori der var gjemt en Ulovlighed; — og selv det var ikke altid sikkert.

Derfor mødtes de alle i den urokkelige Overbevisning, at de for ingen Pris maatte give efter; de kjendte Embedsmændene og vidste, at intet er galere end det.

Og Fogden sagde til Præsten: „Men en Ting vil jeg bede Dem om: giv ikke efter. Mærker de først det ringeste Spor af Sva —" —

„Vær De kun rolig; jeg skal ikke være svag," svarede Præsten.

Han kjendte Bønderne og vidste, at intet er galere end det. —

Denne uheldige Begyndelse havde bestemt Forholdet mellem Præst og Menighed, omend selve Sagen lidt efter lidt blegnede.

Præsten havde lovet sig selv og hvem der vilde høre det, at før skulde Tømmeret raadne i Skoven og Huset falde ned af sig selv, før han vilde hugge omigjen efter Udvisning og føie dem i deres Bondetrods.

Og Almuen svarede sagtmodigt, at de to opnævnte Mænd stod til Tjeneste, hvad Dag og Time Præsten ønskede; — men være med paa noget ulovligt, — nei, det vilde de ikke.

Ellers blev Forholdet i det ydre særdeles venskabeligt. Bønderne behandlede Præsten og hans Familie med udsøgt Høflighed, — som Skik er. De vidste nu, hvad der boede i ham; og de vare glade, saalænge han holdt sig i Skindet.

III

Men Daniel Jürges led ved dette Hus og ved denne Krænkelse
mere, end nogen havde Anelse om.

Thi det var saa aldeles modstridende mod hans hele Natur at have det
hæslige for Øie. Hans Livsanskuelse var ideel, og de klassiske Studier havde
bøiet hans Aand mod det skjønne og det gode. I sit Studenteraar havde han
været den første Latiner og senere en stor Taler og Visedigter i Samfundet.
Han var en af de faa Theologer, som kunde gaa med paa mangt og meget
uden at kompromittere sig og uden at forspilde Fornøielsen for de andre.

Slægten var en gammel Embedsslægt, som i Generationer havde flyttet
Landet rundt fra Embede til Embede — bestandig med Ansigtet vendt
mod et Departement.

Deres Blod havde oprindeligt været dansk eller tysk; og skjønt det var
blandet saa mange Gange, blev der altid over Slægter som denne noget af
det fremmede, som fordum syntes lint. Og da det omflyttende Liv i
bestandig Higen mod bedre Embeder ikke gav de opvoxende Børn nogen
hjemlig Stedkjærlighed, kom Landet til at staa for dem som et stort
Departement i det frie, hvor man avancerede jævnt ved liden Møie og
meget Taalmod.

Ved de stadige Flytninger og Ombytninger af Embeder, som man maatte
holde Øie med i Hovedstadens Avis og i Statskalenderen, udviklede der sig
i Embedsslægterne et ganske overordentligt Personalkjendskab. Og de
juridiske Embedsmænd maatte ogsaa holde Øie med de geistlige og
Lægerne; thi ved Giftermaal og Forbindelser hang de alle sammen helt
opover til Bisper og Statsraader, som holdt Traadene. Derfor optog
Interessen for selve dette Net af Embedsværk deres meste Tanke, saa at de
mindre følte Forskjel eller Forandring i det Folk, over hvilket det var
spundet.

En Ting var spændende ved et nyt Embede paa Landet. Man kunde træffe
den behageligste Omgang baade for Kortbordet og Sæterture — endogsaa
Partier for Børnene; men man kunde ogsaa træffe Bygder, hvor man var
aldeles henvist til sig selv. Bønderne var omtrent de samme overalt.

Men Bonden kjendte de tilbunds fra gammel Tid, baade hans Snedighed
for Retten, hans utrolige Svineri fra Sygebesøgene, de kjendte ham i hans
Uvidenhed og Overtro og i hans Søndagsklær fra Tidemands Malerier.

Han var et specimen for sig, ingenlunde blottet for Interesse; — Bonden
var vel værdt at studere. Men saa skulde det rigtignok ogsaa være af dem,
der kjendte ham, som havde „levet sammen med ham".

Da derfor Tidens Tanker og Videlyst tog Veien fra Guder og ophøiede

Mennesker nedover til de smaa og simple, og alverden slog sig paa Bondeforgudelsen, saa var dette en ligefrem Forargelse for de gamle erfarne Embedsslægter — en Forargelse, som bredte sig udover til Sønner og Nevøer og Fætteres Tanter og Husholdersker, udover alt, hvad der var af Smag og Intelligens, — udover hele Hovedstadens Avis.

Men Daniel Jürges fulgte ikke med i dette. Der var et freidigt Drag i hans Karakter, som førte ham til Opposition mod de gamle fastslaaede Meninger. Han ligte godt det nye Syn paa Folket; og som ungt Menneske var han med at hilse Bonden velkommen i Literaturen og i Samfundslivet.

Hans Fader naaede at blive Stiftsprovst i Kristiania, og Daniel havde derfor levet sin Studietid i Hovedstaden ikke som en fremmed, men som en af Byens egne. Som Søn af en høitstaaende Embedsmand i Kirken, stod alle Kredse ham aabne; og naar han vilde gifte sig, kunde han vælge.

Han valgte da ogsaa den smukkeste og den, om hvem Selskabslivets Glans samlede sig hin Vinter. Og nu stod han ved Indgangen til en hæderfuld og velsignet Løbebane. Han behøvede blot at pege paa en Begynderplads i Hovedstaden eller i Nærheden, for saa snart det anstændigvis lod sig gjøre at stige op i de gode Stillinger, hvor Livet ikke blot bragte, hvad det lille Samfund overhovedet kunde byde de mest begunstigede; men hvorover den hellige Myndighed tillige lagde noget af den Fred, som er over al Forstand.

Han var som skabt til Hovedstadspræst, og det havde han selv altid hørt om sig. Hans Ydre var smukt og vilde med Tiden blive stateligt, hans Stemme velklingende og stærk; og i hans Væsen var der en klædelig Blanding af den belevne Verdensmand og den afrundede Høihed ved en Herrens Tjener.

Men Kandidat Jürges var ikke den Mand, som dovent vilde seile sit Liv ned ad Strømmen i Solskin. Det var ham modbydeligt, naar de sagde, han burde være Præst for de dannede og fine Folk. Han vilde netop vise, at Livets tunge Alvor saare vel lader sig forene med den selskabelige Lethed; og det blev ham en Trang ved sit Liv at vidne, hvorledes Aandens Kald udgaar uden Forskjel, hvorledes netop han, om hvem kanske ingen skulde tro det, havde faaet Hjertelaget og Forstaaelse for det i Verden ringe og foragtede.

Derfor tog han sin fine unge Kone lige ud af Balsalen og førte hende vel indpakket i Pelsværk op til et lidet Præstekald langt nordpaa.

Han lo, og de lo begge, naar de tænkte paa al den Forbauselse, al den Skuffelse og Forargelse, de efterlod. Han havde været en af de interessanteste unge Mænd i Selskabslivet, og hun havde samlet det bedste, der var i Byen, om sin Musik og sin glade Elskværdighed.

Og naar de læste Brevene sammen i den første Lykkens Tid i deres lille latterligt ubekvemme Præstegaard, da svulmede hans Hjerte ved Tanken om, hvad han havde gjort. Og hans lille Kone saa op til ham, — famlede efter Ordene, fyldtes ligesom altfor overvældende af Beundring og kunde bare sige: min Gud! hvor du er stor — Daniel!

Han begyndte at arbeide og prædike med Iver og Veltalenhed; og da det efterhaanden gik op for ham, at de ikke forstod det allermindste — hverken, hvad han sagde eller, hvad han mente med det, han gjorde, kom han til den Overbevisning, at han havde taget feil — ikke for sit eget vedkommende, men af Kaldet. Saa langt nordpaa var Folket ikke endnu kommet udover den første haarde Kamp for Livet, og den optog alle deres Evner. Selv de simpleste religiøse Forestillinger vare uklare og sløve, og af Kundskab var der slet ikke noget.

Men Daniel Jürges tabte ikke Modet og bøiede ikke af. De skulde alligevel faa Uret — de dernede i Hovedstaden, som havde spaaet, at han ikke vilde holde det ud; han skulde vise dem, at han holdt ud.

Og det gjorde han — Aar efter Aar. Stærk og sund klarede han Reiser til Lands og Vands, og han brugte aldrig at klage, han bare beskrev. De sad angstfulde og lyttede — hans lille Kone og Børnene, eftersom de voxte til, naar han skildrede sine farefulde Baadfarter og Fjeldvandringer; men han smilede og sagde: javist var det slemt; men jeg klarer det dog — som I ser, — med Guds Hjælp.

Og efterhaanden vænnede han sig i sin Ensomhed til at fortælle sig selv, hvad han oplevede og hvad han tænkte. Han forestillede sig da altid, at nogle af hans Venner der sydpaa stod for ham med et overlegent Smil, som veg efterhaanden, mens han lagde ud om sit Liv, sine Prøvelser og Savn, og hvorledes han bar dem.

Denne tænkte Underholdning, som ikke lik Svar, blev efterhaanden næsten alt hans Samkvem med Slægt og Venner, og det daglige Stel med Børn og Tjenestefolk og Gaardens Drift afvexlede med Søndagens Præken, Fattigkommissionen og Samtaler i Kontoret, som han lærte at afknappe.

Men hverken alt dette eller noget enkelt af det formaaede at optage Daniel Jürges helt. Saavel hans mange Kundskaber som hans foretagsomme Karakter gav ham baade Lyst og Evne til en Virksomhed langt ud over den lille Krog, hvor han beskedent havde valgt at virke.

Ligesom han havde tilbragt sin Ungdom i alvorlige Studier og i levende Interesse for omtrent alt, hvad der bevægede Samtiden i Evropa, saaledes skulde ingen sige om ham, at han dovnede af i Ensomheden. Der var fremdeles intet oppe i Tiden paa noget Felt, som han ikke kjendte til og havde sin Dom om. Saa fjernt som han sad, laa dog alt ligesom aabent for

hans Blik; og mangengang maatte han smile, naar han saa, hvor de fór vild
— Menneskene, — han maatte smile, naar han tænkte paa, at heroppe i en
Kløft mellem Fjeldene sad en beskeden norsk Præstemand, som ingen
spurgte tilraads; men som kanske alligevel kunde givet Svar som ingen
anden.

Han læste fra først af udelukkende Hovedstadens Avis.

Men eftersom det store Blad med Dobbeltnummere og Tillæg optog mer
og mer af hans Tid, vaagnede Læselysten, som var knækket til Examen; og
han begyndte at drive Studier paa egen Haand med Avisen som Grundlag.
Foruden sin Faders Bogsamling lod han ogsaa sin Boghandler i Kristiania
sende en og anden Bog, som han fik Lyst paa efter Avisen, og derved fik
han Anledning til at øve en Kontrol, som i høi Grad skjærpede hans
selvstændige Tænkning.

Thi om han end ikke i et og alt var enig med de udmærkede Mænd, som
skrev i Hovedstadens Avis, saa var de dog saa vel underrettede og saa skarpe
i Tanken, at det var ham af høieste Interesse at se, naar de ankom til
Resultater, hvortil han allerede selv var naaet. Og denne Overensstemmelse
blev ham mer og mer paafaldende, jo længer han levede i sine ensomme
Studier; og det opvakte mangengang hans Beundring, hvorledes disse
Mænd, som dog i meget var saa forskjellige fra ham, kunde finde frem til
hans egen Tanke ad Veie, som vistnok stundom imponerede ham, men
som ofte var ham usmagelige.

Og i Aarenes Løb mærkede han til sin store Glæde, at det var saa langt fra
at gaa med ham som man kunde vente og som de ganske vist ventede, hans
Venner i Byen: at hans Aand skulde sløves og den Iver kjølne, hvormed han
greb og omfattede en Tanke eller en Anskuelse.

Han følte tvertimod med en vis Overraskelse, hvorledes der øgte i ham en
Nidkjærhed for Sandhed og Ret. Som han læste om de ulmende Gløder i
Daarskabens og Ondskabens store Arnesteder, om det hæslige, som trængte
sig frem overalt Haand i Haand med det onde, — da følte han vælde frem i
sit Hjerte et Had — et vældigt Had, som stundom kunde drive ham op af
Stolen, saa han rystede sine stærke Arme udimod denne Oprørets og
Løgnens lede Yngel, — som en Samson stod han skjælvende af Vrede, —
indtil han besindede sig, at han sad alene i sit Kontor, en stille Guds
Tjener, der gjorde sin Gjerning — tro i det lidet.

Men der kom ogsaa Stunder, hvor han tvivlede om, at det var Ret saaledes
at sidde og tie stille; mens det raabte saa høit inde i ham. Hele sit Liv havde
han været paa Vagt mod sin Forfængelighed, — derfor sad han jo ogsaa,
hvor han sad —; han kjendte godt sin Skjødesynd; men de skulde ogsaa faa
se, at han ikke gav efter for den. Hvis han vilde tale, saa vidste han, at det

vilde høres over det hele Land, og alles Øine vilde rettes mod ham. Men netop derfor vilde han ikke. Naar han gjenfandt sine egne Tanker i Hovedstadens Avis, smilede han resigneret, og lod de andre beholde Æren. Og naar han i en endeløs Samtale med en gammel syg Fattigkone kom til at tænke paa, hvem han egentlig var — han, som sad her og tøvede i disse smaa forkrøblede Tanker, da gik der en bevæget blød Stemning gjennem ham — ligesom af Rørelse; og med sin milde Stemme talte han Ord saa simple og enfoldige, at han næsten kom paa Graaden selv.

Men tilslut gav han for en Gangs Skyld efter og skrev en Anmeldelse af en ny Bog. Det forekom ham, at Pligten denne Gang var altfor bydende. Det gik ikke an, at han, hvis Navn — omend ikke nævnt blandt de første — dog havde en god Klang d e r , hvor den formskjønne og rene Poesi skattedes, — dersom han nu ikke vilde sige et Ord, saa kunde det hænde, at mange — især af de unge — kom rent i Vildrede med sine literære Begreber.

Thi den nye Bog — saa forfeilet som den var — havde et vist Sving; der var noget ved den, som paa en pinlig Maade mindede ham om, at han selv havde været med paa Bondeforgudelsen, dengang den begyndte. Det forøgede Følelsen af Pligt for ham; han skyldte at forklare, hvad der oprindelig havde været af godt og berettiget ved „det simple“ i Literaturen, for saa med en Gang og eftertrykkeligt at sætte en Stopper for den beklagelige Misforstaaelse, ud af hvilken den nye Bog var skrevet.

Det gjorde han ogsaa — ret skarpt, men dog med et godmodigt Smil for Feiltagelsen; og han sendte sin Anmeldelse til Hovedstadens Avis med sit gamle velkjendte Mærke D.

I de Dage, det tog, før han kunde se sig i Avisen, fik han efter saa lang Tid igjen føle Spændingens Glæde. Han forestillede sig levende, hvilken Opsigt det vilde gjøre — et Ord fra hans Haand — selv om det ikke var andet end en Anmeldelse. De vilde føle dernede i Byen, at han holdt Øie med dem; der vilde ganske vist blive talt, kanske skrevet om hans Artikel; det skulde dog more ham at se, hvorledes hans egne Tanker tog sig ud mellem de andres i Hovedstadens Avis.

Alligevel lo han af sig selv og betvang denne uværdige Følelse; og da endelig den Post kom, hvor det ganske sikkert maatte findes, gik han sig først en lang Tur, for at vise sig selv, hvor liden Vægt han lagde paa det.

Langsomt satte han sig tilrette i Kontorstolen, aabnede Postvæsken, foldede Aviserne ud og lagde dem iorden. Men idet han derpaa vilde tage Brevene — som han pleiede, saa han midt foran sig paa tredie Spalte den nye Bog, og han begyndte at læse, — ikke fordi han ikke kunde styre sig; men fordi de første Ord i Anmeldelsen ikke syntes ham kjendte.

Det var hellerikke hans Ord; Øinene løb hurtigt nedover Spalten, — det var aldeles ikke hans Anmeldelse. Hurtig slog han Bladet om: Q stod der, det var den bekjendte Q, hvis Dom han høiagtede, — men alligevel!

Hans egen Anmeldelse maatte være kommen for sent, — det haabede han ialfald; ellers vilde det være altfor ærgerligt. Nu gad han ikke læse Q og tog fat paa Brevene — et Pengebrev først.

Men al hans Interesse vendte pludseligt tilbage. Det var Tak og Honorar fra Hovedstadens Avis. Anmeldelsen var kommen saa sent, at den høiagtede Q bare havde faaet Tid til at indflette nogle af den ærede Anmelders Tanker i sin allerede færdige Artikel; og derfor sendte de Honoraret, idet Redaktionen i de mest elskværdige Ord haabede ved given Leilighed — en saa udmærket Pen — det velkjendte Mærke — og saa videre.

Daniel Jürges følte sig alligevel ubehagelig — især ved disse Penge, som han ikke syntes, han havde gjort rigtig Fyldest for. Men hvad der endte med at gjøre ham fuldstændig fortrædelig, var denne Bemærkning i Brevet:

„Redaktionen tillader sig ogsaa at gjøre den ærede Anmelder opmærksom paa, at vor høiagtede Medarbeider Q i Bladets Gaarsnummer, som følger vedlagt i særskilt Pakke, udtaler sig om end i samme Aand og Retning som den ærede Anmelder saa dog med adskilligt større Skarphed i flere væsentlige Punkter. Det kan hellerikke være anderledes, end at den, som paa nært Hold møder Tidens literære Excesser, finder haardere Ord for sin Dom end den mere tilbagetrukne, der i sin stillere Virkekreds fornemmer Tidens Larm ligesom afdæmpet og formildet ved Afstanden. Og uagtet Redaktionen i fuldt Maal yder den humane og elskværdige Aand, som raader i Deres udmærkede Anmeldelse, sin Anerkjendelse og under andre Forhold sit ubetingede Bifald, vil den dog ikke undlade at paapege, at det formentlig — saaledes som de literære Forhold nu stiller sig, saavel ude som ogsaa især i de senere Aar herhjemme —, vil være mere overensstemmende med den gode Smags ikke mindre end med Moralens og Sædelighedens Fordringer, om det indtrængende Uvæsen strax mødes med en skarp og energisk Protest."

Det rammede Daniel Jürges midt i hans Inderste. Han var for langt borte fra Livet til at høre og forstaa; han vidste ikke fuld Besked, var ikke paa Høiden i sin Dom om et af Tidens Træk — til og med i Literaturen, — kunde det være muligt?

Nu kastede han sig over den høiagtede Q og læste Anmeldelsen i en Fart.

Bagefter sank han tilbage i Stolen og blev siddende uvis og ulykkelig. Det blev ham snart klart, at det ikke var andet end høfligt Snak, naar Redaktionen skrev, at Q havde øst af hans Tanker, — ak! —— de vare som Kildevand og Mælkeblande mod dette.

Men var det nu ogsaa sandt, — var der virkelig gjemt saameget ondt og samfundsfarligt i denne simple Fortælling, som kun havde irriteret ham ved sin Mangel paa Poesi og sand Følelse?

Han greb den ulykkelige Bog, som endnu laa paa Kontorbordet, og slog op Pagina 73, som den høiagtede Q særlig havde fremhævet; og da han havde læst lidt, blev han blussende rød.

Thi det var sandt. Den store Skam var overgaaet ham, at han var seilet agterud.

Det maatte alligevel være de simple grove Mennesker, blandt hvilke han boede, som tiltrods for alt gjorde Luften tyk og uklar, saa han ikke skarpt nok kunde opfatte Tidens Tegn, uagtet han havde dette Overblik, og var saa vel inde i alt. Nu indsaa han, efterat Q havde aabnet hans Øine, at det, han overlegent havde taget for en Overdrivelse — en Udvæxt paa en i og for sig berettiget Gren af Literaturen, det var de laveres Had mod de høiere og mod den Høieste.

Og selve Pagina 73, som han vistnok havde læst med Mishag, fordi han havde følt, i hvor høi Grad Forfatteren manglede Evnen til at skildre den ideelle Kjærlighed, — nu s a a han; — og han skammede sig, — næsten somom han selv havde været med paa noget uanstændigt.

Men medens han sad saaledes og ligesom følte, hvorledes han sank og sank, reiste det sig foran ham tydeligere og tydeligere dette: hvorledes kunde han forsvare at lade sig synke?

Thi naar han i en Ting som Literaturen, hvor han dog uden nogen Mistanke for Forfængelighed kunde sige om sig selv, at han havde været en af de første, naar han d e r var kommen saa langt af Veien, hvor kunde han saa vide, om han ikke ogsaa i andre Ting — ja i alt — var bleven liggende; — om han ikke tilslut var bleven netop det, de havde spaaet ham med saa megen Beklagelse, dengang han forlod Hovedstaden: en fortørket Bondepræst i en Udkant af Verden.

Hele hans Liv vilde derved blive meningsløst; det var jo netop det, som skulde bevises, at han holdt sig paa Høiden — trods Ensomheden, trods Afstanden; — og nu?

Han læste Q en Gang til, og Afstanden blev mer og mer overvældende; og dog var denne Q, som han vistnok høiagtede, aldrig nævnt som en Begavelse, der i nogen Henseende kom op imod hans egen.

Det var altsaa saa, at han daarligen havde nedgravet sit Pund; og i sin dybe Modløshed erkjendte han, at han i Frygt for sin Skjødesynd Forfængeligheden var drevet ud i en anden, som kanske var værre.

Men denne smertelige Opdagelse blev ham i samme Stund ikke blot en

Tugt, som han tog imod og bar; men den løftede ham lidt efter lidt saa helt ud af Modløsheden, at han næsten med Taarer takkede Gud, fordi han havde opladt hans Øine, mens der endnu var Tid. Og han tog sit Papir og skrev med det samme sin Ansøgning til det store Kald sydpaa, som Bispen havde givet ham Vink om at søge; og da han havde forseglet Brevet, reiste han sig op som et Menneske, der har vundet en Seier over sig selv.

Og denne Beslutning klarnede paa en forunderlig Maade meget for ham. Han kom nu til at tænke paa, om der ikke havde været et Drag af Forfængelighed i den haardnakkede Fasthed, hvormed han holdt ud paa denne usle Post, hvor hans Kone var saa syg og mistede saa mange Børn. Da hun derfor med taknemmelige Taarer bad ham, endelig ikke for hendes Skyld at vige et Haarsbred fra sin Pligt, svarede han hende aabent, at det ikke udelukkende var for hendes Skyld; han trængte ogsaa selv til at komme sydover.

Kaldet fik han strax og kom fuld af Mod og Virkelyst. Men saa skulde det begynde saa uheldigt med det gamle Hus og Tømmeret.

IV

— „— FolkesouveRænitetsprincipets Gjennemførelse i Staten vil derfor være det samme som Afsættelsen, Tilintetgjørelsen af Kristendommen som Samfundslivets moralske Princip. De mere frygtsomme Sjæle diskutere Kristendommens Detronisering under mange Forbehold, Omsvøb og Fraser; de mere fremskredne Aander dekretere den la mort sans phrase. Thi Kampen staar kun tilsyneladende mellem de Radikale og Regjeringen; Slaget er i Virkeligheden rettet mod Gud, af hvem al øvrighed er, — det er en Kamp imod Gud." —

Det var sine egne Ord, Daniel Jürges læste i Hovedstadens Avis, og han fandt, at der var Kraft i dem.

Thi siden hin mislykkede Boganmeldelse der nordfra, havde hans Forhold til Avisen forandret sig. Vel udgjorde den fremdeles al hans Læsning; og han satte den lige høit; men hans Beundring var mere familiær, efterat han selv var bleven Medarbeider — en næsten lige saa betydelig som selve den høiagtede Q.

Dengang de flyttede til det nye Kald, opholdt Familien sig nogen Tid i Kristiania; og dette korte Ophold var lykkeligvis nok til at gjengive Pastor Jürges Ligevægten. Han beroligede sig ovenpaa den Skræk, som hin Anmeldelse havde jaget ham i Blodet, da han mærkede, at det kun var en Forskjel i Udtryksmaaden, som paa de fleste Punkter skilte ham fra den høiagtede Q og de andre.

Efterat han nogle Gange havde været sammen med de Mænd, der stod Redaktionen nær, var han fuldstændig sikker paa sig selv. Der var — Gud være lovet! — ingen Skade skeet; han var endnu paa Høide med de bedste, naar han bare vilde slippe sig løs. Det var Sagen: han holdt sig med Vilje tilbage; men han kunde, hvis han vilde, — saaledes som han igrunden altid havde ment.

Og det var ham kjært at iagttage, hvilken Overraskelse han selv vakte i Hovedstaden. Thi saaledes var endnu ikke nogen Embedsmand vendt tilbage saa langt nordenfra efter fjorten Aars Fravær; intet var gaaet med ham som det pleiede.

De gamle Venner, som havde tilbragt Tiden i Byen eller i nærliggende Embeder, begyndte smilende at behandle ham overlegent som en, der kommer lige ud af Fjeldet. Men de trak meget snart Følehornene ind og gjorde store Øine. Thi han var akkurat lige saa vel underrettet som de selv om alt muligt saavel uden- som indenlands, ja i visse Ting syntes han endogsaa at vide mere end selve Hovedstadens Avis.

Det eneste, han manglede, var nogle Kraftudtryk og smaa Personalia, som ikke trykkes, og dertil selve Tonen — den vexlende Slæng paa Munden, som til enhver Tid udmærker en Hovedstads Børn fremfor Landets øvrige. 442 SNB

Men ogsaa det kom efter faa Dage, og saa var han — ikke blot som før; men Aarene havde gjort ham end sikrere og mere imponerende.

De mange travle Ekorn, som løber ind og ud i en stor Avis som Hovedstadens, vimsede flittigt om Præsten Jürges, mens han var i Byen; og Redaktionen gjorde alt, for at knytte denne usædvanlige Kraft til Bladet. Thi hvad der fra Daniel Jürges's Studenterdage kunde være betænkeligt — hans noget uklare Folkelighed i Digt og Tale, — det var ganske overstaaet — meldte Ekornene.

Han stod dog længe imod; og han havde allerede været et Par Aar i sit nye Kald uden at sende andet til Hovedstadens Avis end en enkelt Anmeldelse af tilsendte Bøger og nu og da en Pintsesalme. Men efterhaanden som det kolde og fremmede Forhold til Bygden gav ham Trang til at udlade sig; og især efterat Johannes var bleven Student og sendte Breve fra Kristiania, lod han sig altid oftere bevæge til at levere Artikler til Avisen; og det endte med at hans D vexlede med Q paa første Side og med redaktionelt Udstyr.

Og det var i Virkeligheden paatide, at Mænd som han traadte til, for at støtte, hvor alt syntes at vakle. Det gik op for ham i de senere Aar, hvad han ikke havde seet under sine ensomme Studier, at mange af de Ideer, som havde præget hans Ungdoms Livsanskuelse, medførte Fare for Samfundet, naar de ikke udvikledes — som hos ham selv — i fuldkommen ren kristelig Aand.

Den Fordærvelse og Tøilesløshed, som nu groede op ude i de store Samfund, viste overalt sit Udspring, sin nøiagtige Sammenhæng med nogle af de Tanker, han i sin ubekymrede Ungdom havde hilset som Fremskridt og Udvikling. Og omvendt fandtes der ikke i hele hans vidtløftige Kjendskab til de civiliserede Landes Politik, Literatur og indre Forhold et eneste Exempel paa, at noget godt — noget varigt godt var kommet af de tilsyneladende smukke og humane Tanker, hvormed den nye Tid pleiede at smykke sig.

Eftersom det viste sig for ham, at Navn efter Navn var makstukket — fortæret indvendig og hult, hvorledes det viste sig ved nærmere Eftersyn, at der var noget iveien med hver eneste Mand og Kvinde, i hvem de nye Ideer slog Rod, da forstod han, at Kristendommen var den eneste Jordbund, hvoraf Fremtiden kunde spire, at de forvildede og gjenstridige maatte samles i en stærk og levende Kirke under Korsets Tugt.

Og de sidste Tider havde vist ham, at alt det, som man før troede hørte til langt ude i Evropa, det havde uformærket sneget sig ind og løftede med en Gang Hovedet i Frækhed og Trods. Han havde selv oplevet det i sin egen Menighed.

Strax efterat han var kommen til Kaldet, spurgte de ham, om han vilde paa Storthinget; men han svarede nei; for dengang vilde han ikke. Og Bønderne sagde allesammen, det var da saa svært leit.

Men tre Aar efter var han bleven overbevist om, at det var hans Pligt; og han fremstillede sig da til Valg, — ganske aabent og uden at tvivle om alle Stemmer. Men saa fik han ikke mere end tre til Valgmand og ikke en eneste til Storthingsmand.

Hans Overraskelse var fra først af saa stor, at han ikke strax kunde forstaa, hvorledes det var gaaet til, — ja han forstod det igrunden aldrig. Vel vidste han godt om den gamle Misstemning i Anledning af Tømmerhugsten; og det gamle Hus midt foran Kontorvinduet lod ham ikke glemme den; men han havde dog saa utallige Gange vist dem sin Overlegenhed baade i Foredrag og i Diskussion, gjendrevet dem og sat deres Bygdepolitikere saa ynkeligen tilvægs, og det havde de mange Gange erkjendt selv — hver enkelt af de ledende Mænd i Bygden. Hvorledes i alverden kunde det gaa for sig, at naar det kom til Stykket, var der bare tre? —

Han tog disse tre Stemmer og flyttede dem omkring paa sine sikreste i Sognet, — flyttede dem uafladeligt, hvergang en ny kom ham i Tanke, som umuligt kunde have nægtet ham sin Stemme.

Men der var bare disse tre, og de maatte han absolut have til Fogden, Lensmanden og Klokkeren; og saa stod alle de andre bare.

Fogden lo og lod Fanden tude sig paa, at Bønderne var det falkeste Pak, Gud har skabt. Men Præsten Jürges følte det koge i sig; og hans Nidkjærhed vældede frem i varme Strømme. Sandelig, det var paatide for en Guds Stridsmand at være paa Vagt; og fra denne Tid begyndte han at skrive regelmæssigt i Hovedstadens Avis.

At Klokkeren var en af de tre kunde være utvivlsomt; thi han var, som de pleier at være — underdanig og indsmigrende, iført Præstens slidte Klædesfrak, med Munden fuld af slidte Præsteord og opspædet Salvelse; og langs Mundvigerne hang de udslidte Præstesmil, som vare faldne af til ham under lang Tjeneste.

Tvivlsommere kunde det være med Lensmand Olsen; han var ikke god at faa Greie paa; — en gammel Ræv, som Fogden mangfoldige Gange havde ladet Fanden tude forgjæves.

Lensmanden var i en vanskelig Stilling. Nærmeste Nabo til Præsten og bare skilt fra Fogden ved Elven, og saa paa den anden Side i Slægt med de største i Bygden, selv Eier af stor Gaard og Skove baade hist og her. Gik han tilvenstre, saa faldt Embedsmændene over ham; og gik han tilhøire, saa blev Bygden muggen, og hans egen Slægt kom farende med onde Ord.

Men nu elskede gamle Lensmand Olsen fremfor alt Fred og god Forstaaelse blandt Menneskene. Han havde — som han sagde selv konsumeret saa megen Fordragelighed baade af sin Kone og af andre; thi Vin og glade Dage, Piger, Kortenspil og saadant mere havde han altid havt et aabent Øie for. Og hans megen Færden mellem alskens Letsindighed og dens Følger havde stemt hans Sind til Overbærelse og gjort ham tilbøielig til skjulte Veie og mindelige Overenskomster.

Ophængt mellem Himmel og Jord havde Lensmand Olsen gjennem et langt Liv svinget frem og tilbage mellem iltre Fogder og stive Præster paa den ene Side og paa den anden en Bygd, hvis Svagheder vare hans egne. Men tilslut havde han ogsaa naaet en Behændighed, som nu, da de andre Fornøielser tabte sig, var hans Alderdoms Trøst. Præsten troede sikkert og vist, at den tredie Stemme var Lensmandens, og Almuen var overbevist om, at Lensmanden havde stemt med dem, men Lensmanden selv sad hjemme og formildede sin Podagra ved Tanken om, at han endnu kunde narre dem alle.

Mellem Præstegaarden og Lensmandens var der ikke lang Vei, bare forbi Kirken og en fem Minutters Gang gjennem Skoven; men nogen Omgang blev der aldrig. Præsten Jürges fandt Lensmanden altfor plump og ubetydelig; og Madam Olsen og hendes Døtre var ikke noget for Præstegaardens Damer.

Fru Jürges havde desuden altfor travelt i Huset til at kunne tænke paa

26

Besøg; og det havde hun havt fra den Dag, hun blev gift. Før den Tid levede hun bare i Musik; men fra hun begyndte at føde Børn der nordpaa, havde hun ikke kjendt andre Hviledage end de reglementerede ni efter hvert Barn.

Da h u n derfor under Flytningen passerede Hovedstaden, vakte hun en pinlig Opsigt i den Kreds, hvor den begavede Wilhelmine Lindemann havde glimret for fjorten Aar siden. De var jo vistnok alle blevet fjorten Aar ældre; men hendes Aar maatte have været forfærdeligt lange.

At Skjønheden var svunden efter otte Børn og et ensomt Liv i et haardt Klima, — det fik man ikke undres paa. Men at et Menneske kunde blive saa helt forandret i Sind, det havde hendes Veninder rigtignok aldrig tænkt sig Muligheden af.

Hun havde været en Kunstnerinde — ikke saameget i kunstnerisk Uddannelse, som i sit Væsen og i sin Natur. Sværmerisk — havde man kaldt det i den Tid, og mente derved noget fint og let, som løftede over det dagligdagse.

Nu maatte hun ganske vist være bleven meget religiøs — stærkt pietistisk; — det var den eneste Maade, hvorpaa Veninderne kunde finde Forklaring for hendes forskræmte Tilbageholdenhed, og den nervøse Ængstelse, hvormed hun undgik at høre Musik, mens hun var i Byen.

Saasnart Fru Jürges var kommen til den nye Præstegaard, tog hun fat med rastløs Iver; og det kunde behøves i Førstningen, førend alt kom iorden. Men senere, da den rigelige Husholdning gik sin jævne Gang, kunde Præsten ryste paa Hovedet, naar hun passerede Stuen fra Kjøkkenet, for at ile opad Trappen uden at stanse og uden at sanse, hvad det var, hun skulde deroppe.

„Lille Mina, stans din Fart," kunde han sige spøgende; „det bør sig en Præstefrue at sidde statelig og sømme Lin i sin Stue."

„Ja nu kommer jeg strax Daniel!" — svarede hun og vendte sine Øine mod ham, de var af de bekymrede mørkebrune med et blaaligt Skjær af Perlemor over det hvide, — „nu kommer jeg strax — vær ikke vred, — nu — nu kommer jeg strax," og dermed forsvandt hun igjen og trak Døren til efter sig.

Dette blev en ren Plage for ham. At Husvæsenet før havde hvilet tungt paa hende, da der var smaa syge Børn og det hele Stel var tarveligt og tungvindt — det var jo i sin Orden; men nu, da de to Døtre vare gifte og Johannes i Kristiania, faldt det paa en pinlig Maade i Øinene, at hans Kone blev ved at løbe rundt i det store Hus bleg og træt, uden at finde Ro til at sidde stille og gjøre det lunt i Stuen, naar han var der.

Han blev da nødt til at tale alvorligt til hende og forklare, at dette var galt;

— ikke blot menneskeligt talt, fra et æsthetisk Standpunkt. Men Guds eget Ord lagde Kvinderne paa Hjertet at vælge den bedre Del og ikke som Martha gaa op i Husstel og materielle Bekymringer.

Hun græd meget, naar han ikke saa det; og hun lagde virkelig Baand paa sig i alt, hvad hun gjorde og sagde. Men det var desværre saa sandt; hun var saa opfyldt af Smaating; og mangen Gang — især naar der var fremmede — kunde hun se paa hans Ansigt, at det, hun sagde, var smaat og trivielt. Og naar hun tvang sig til at sidde stille over en Bog, mens han læste Aviserne i Sofaen, fik hun alligevel ikke Fred for sine huslige Bekymringer, skjønt hun kunde være saa træt, at det var en ren Velsignelse at faa sidde stille.

Men mod hendes Vilje og tiltrods for alle gode Forsætter begyndte hendes Tanker at fare Huset rundt, for at søge med en ond Samvittigheds Iver efter Forsømmelser og noget, som burde gjøres.

Eller det fremstillede sig for hende med en Livagtighed, som gjorde hende prikkende varm i Huden og gik som nervøse Ryk i Arme og Ben, hvor rent galt det var for Caroline, som snart skulde i Barselseng, at hun ikke havde en Dunpude til den lille; og Dun laa der ovenpaa, — de havde ført den deiligste Edderdun med nordenfra; — hun havde ogsaa rød Bolster — et Stykke, som netop vilde passe, laa i Dragkisten, — hun saa det altsammen for sig; — det var saa let gjort og saa nyttigt for Caroline; — bare tage Dunen frem, varme den i Gryde og piske den op, saa kunde Jomfruen imens sy Pudevaaret paa Maskinen, — dersom hun bare turde løbe ovenpaa! — det var jo for Caroline — for den lille Stakkel, — den lille Stakkel, som ikke havde nogen Dunpude, — hun saa ham for sig — hjælpeløs, uden nogen Verdens Ting —

„Men Gud — Mina! — hvor uroligt du sidder," raabte Præsten og saa op fra sin Avis; „nu er jeg vis paa, der er et eller andet, du vil løbe efter."

„Undskyld mig — Daniel! jeg vidste ikke, at jeg sad uroligt. Men det var bare, — ja det gjør mig saa ondt, at jeg maa forstyrre dig; men det er Caroline — det vil sige Carolines Lille, — naar den kommer, — forstaar du, tænk, saa har den ingen Dunpude —"

„Ingen Dunpude!" — han maatte le, — „har du nu ogsaa Sorger for de ufødte? — du uforbederlige Martha!"

Glad over hans Latter tog hun Mod til sig og lagde Bogen bort.

„Ja du ved ikke, Daniel! — for Mænd ved ikke sligt, hvor en liden Dunpude er nyttig — ja nødvendig; — og hvis du bare vilde give mig Lov til at arbeide en." —

„Lov! — naturligvis har du Lov, kom ikke med saadant Snak; det er for din egen Skyld, at jeg modarbeider —"

„O Daniel! — jeg forstaar dig saa godt — du Kjære!"

„Nei, du forstaar mig slet ikke; og du har aldrig forstaaet mig," busede han ud og reiste sig.

Fru Jürges flygtede ud i Kjøkkenet med forskrækkede Miner; thi naar han blev utaalmodig, sagde han saa meget, som siden, naar han selv havde glemt det, brændte og sved hende i Sindet.

Ak! hun vidste det kun altfor vel! hun var ingen Kone for en Mand som han; og hun hørte med bankende Hjerte, hvorledes han stampede om derinde i Stuen, samlede Piben og Aviserne, saa de raslede, for at drage ind i Kontoret, — skjønt hun vidste, at han helst sad i Stuen om Eftermiddagen.

Derfor faldt der Taarer paa hendes Hænder, da hun trak frem den tætpakkede Pose med Edderdun. Men siden, da den begyndte at æse saa deiligt i Gryden, og da den lille Pude begyndte at faa Skik paa sig, fyldte Travelheden hende, og Arbeidet optog hele hendes Sind.

Men altid stod der dunkelt noget tungt og ondt foran hende eller bag hende, — noget som havde fulgt hende i mange Aar som en Bebreidelse; somom hendes Handlinger og hendes Liv var et forhastet Skyggerids paa en Baggrund af et uklart stort Krav, som laa over hende Dag og Nat og jagede hende fremover; og altid havde hun en Fornemmelse som den i Drømme, naar man løber og løber og ikke kommer afsted. Som oftest tænkte hun, det var Følelsen af at være saa lidet for sin Mand; men stundom følte hun, det var ikke det heller.

Men Præsten selv gik et Par Gange heftigt frem og tilbage i Kontoret. Derpaa stansede han fremfor Speilet, smilede og strøg sig over Ansigtet: hvorfor saa ivrig? — Herregud! hun var nu engang ikke anderledes. Det var ham ikke saaledes beskikket, at han i sin Hustru skulde finde en Medhjælp paa de Veie, hvor han færdedes som Menighedens Præst og endmindre i den Kamp, han med Landets bedste Mænd førte imod de onde Tider.

Han følte ofte — han kunde ikke nægte det —, hvorledes hans Hustru ligesom nu idag trak ham ned og bort fra de dybe og alvorlige Tanker, for at plage ham med disse Smaating, som alene udfyldte hendes Liv. Og ofte hensank han i Drømmerier over, hvor helt anderledes det kunde have været med en Kvinde, som kunde følge ham, som kunde forstaa og beundre hans Tanke, naar den mægtigt spændte sig ud — saa klar og sikker i de menneskelige Ting, og saa enfoldig og ydmyg for Gud.

I saadanne Drømmerier dvælede Daniel Jürges, som efter sit Giftermaal kun havde mødt faa Kvinder af sin Stand, ved hine Tider, da han kunde faa, hvem han vilde. Men det var ingen bestemt Dame fra den Tid, der foresvævede ham; han tog lidt af hver og dannede sig den Kvinde, som vilde passet for ham.

Naar han da vendte tilbage og saa sin Kone mager og udslidt risse omkring i sine smaa Smaating, tænkte han paa, hvorlidet han ogsaa i den Henseende havde ladet Forfængeligheden vinde Bugt med sig; hvor trofast og overbærende han havde været mod denne Hustru, der saa lidet forstod ham, og for hvis Skyld han havde givet Afkald paa de blændende Kvindeskikkelser fra sine Drømme.

Derfor havde Gud lønnet ham og ladet ham beholde Johannes. Af otte Børn havde de mistet fem der nordpaa. Hans Kone havde været saa svag, at hans eget kraftige Blod ikke havde været tilstrækkeligt til at holde Liv i de smaa; saa at kun de tre ældste fulgte med, da de drog sydover. Døtrene vare gifte — just som de begyndte at blive til Hygge i Huset; og saaledes blev Sønnen saa meget mere for ham.

Brevene til og fra Johannes i Forbindelse med Arbeidet i Hovedstadens Avis blev næsten mere end hans egentlige præstelige Gjerning det, som udfyldte hans Liv. Men han frygtede ikke for nogen Bebreidelse hverken af Gud eller Mennesker. Thi han kjendte nu sin Menighed tilbunds. Han vidste, at de var forstokkede og selvgode; det, de behøvede, for at faa den rette Hunger efter Ordet, var ikke den vennesæle og milde Hyrde; men meget mere en kraftig Herrens Tjener, som kunde tage dem i Nakken og bøie de haarde Halse.

Derfor havde han fulgt og fulgte med god Samvittighed sit indre Kald til den større Kampplads, for at samles omkring Herrens Salvede med Landets ypperste Mænd og byde Stormen Trods.

Og han var sig bevidst, at intet Had — ikke engang nogen Ringeagt mod de lavere Klasser, fra hvilke Tidens Bevægelser steg op, kunde paavirke ham. Thi sin Ungdoms Delagtighed i Bondeforgudelsen havde han hverken glemt eller fornægtet. Han tilstod den for enhver, som vilde høre; og han lagde til, at netop derfor — netop fordi han selv havde gjort hele Bevægelsen med, førend den endnu var forplumret af samvittighedsløse Førere, derfor var han mer end kanske nogen anden istand til at sondre mellem det berettigede og det fordærvelige i hele Tidens Retning.

Naar først engang det arme vildledte Folk var revet ud af Klørene paa de slette Opviglere, naar engang dette forargelige Stormløb mod alt, hvad der var høit og helligt, havde knust sin Pande mod den Gud, som ikke lader sig spotte, — o da skulde ingen være ivrigere end han til at læge Saarene, til at modtage de ydmyge, glemme og tilgive.

Men endnu var det Kampens Dag; endnu lød Herrens Ord til sine Stridsmænd: bærer ikke Sværdet forgjæves. Og idet han nu rettede sig op og mødte sine faste mørkeblaa Øine i Speilet, maatte han atter smile, da

30

Erindringen vendte tilbage om den lille Scene inde i Stuen. Hvor smaat tog det sig ikke ud for ham nu! — han bestemte sig til at være endnu mere mild og overbærende; — hun kunde jo ikke vide — stakkels Mina! hvor høit hans Tanker laa over hendes.

Derpaa satte han sig bred og kraftig i sin store Armstol ved Kontorbordet, tændte sin lange Pibe og udfoldede atter Hovedstadens Avis. Han fandt snart Stedet og fortsatte rolig og fri for al

smaalig Bekymring Læsningen af sin egen Artikel:

. . . „det er en Kamp mod Gud. Men alle, som følge Forførerne, vil komme til at mærke, at det bliver dem haardt at stampe mod Braadden; thi Gud lader sig ikke spotte; hvad et Menneske saar, det skal han og høste."

V

Kristiania den 2den April 1884.

Kjære Fader! — du giver mig i dit sidste Brev en mild Bebreidelse, fordi jeg har ladet nogen Tid hengaa uden at meddele dig udførligere Besked om Forholdene herinde i Byen. Du har isandhed kun altfor megen Ret; og jeg maa bare takke dig for din spøgefulde Revselse, idet jeg nu skrider til at bekjende saavel Aarsagen til min Forsømmelighed som ogsaa til at bede dig om Samtykke og Velsignelse til et vigtigt Skridt, jeg i disse Dage under Bøn og Selvprøvelse har vovet at tage. Jeg er nemlig bleven forlovet, — det vil sige: jeg har modtaget en ung og elskelig Kvindes Jaord; men jeg har endnu ikke fremstillet mig for hendes Familie, idet jeg finder, at det ganske særegne Forhold, som Gud være lovet! bestaar mellem dig og mig, gjør det til en kjær Pligt for mig at indhente dit Raad og dit Samtykke inden jeg giver denne saa meget attraaede Forbindelse en officiel Besegling for Gud og Mennesker.

Min Kjæreste — du vil forstaa den Følelse af Lykke, som gjennembæver mig ved dette Ord, og — jeg haaber, jeg med Sandhed kan sige — den rene og kydske Glæde ved Tanken om den Hjælp og Velsignelse, som er os forjættet i en god og trofast Hustrus Omgjængelse; — hun er en Datter af Jørgen Pram, saa hun tilhører ikke blot en gammel og god Familie; men hun er ogsaa, hvad man maa kalde — meget formuende. Jeg skynder mig med at sige dette, — ikke fordi det har nogen Betydning hverken for dig eller mig; men forat jeg ikke engang overfor mig selv skal synes at faa det mindste Skjær af at ville affectere en Ligegyldighed, som, naar den var forstilt, vilde være den værste Anklage. Jeg har gjort hendes Bekjendtskab i Selskabslivet, hvor jeg i den forløbne Vinter ligesaa meget ifølge dit Ønske som i Overensstemmelse med min egen Lyst har deltaget temmelig jævnt;

og under de forhaandenværende spændte — jeg kan næsten sige ophidsede Tilstande har min Kjærlighed voxet frem under adskillig Prøvelse og Modgang. Der er nemlig, som jeg ikke behøver at fortælle dig — en hel Del fordærvede Elementer mellem de unge Mænd; og selv en Familie som den Pramske er ikke fri for Tidens Paavirkning. Saaledes har min Gabriele nogle Fættere, som i Forening med et Slæng af ligesindede Venner har opbudt alt, for at gjøre mig umulig — ja vel endog latterlig i hendes Øine. Det er ikke blot min Stilling som Theolog, der i disse Tider, hvor det at være Kristen fra visse Hold nærmest betragtes som etslags mild Idioti; men det at være din Søn er ogsaa i disse Herrers Øine en Adkomst til Had og Forfølgelse, som jeg tilstaar, at jeg er stolt af nu, da Seieren endelig er min, og Gabriele har givet efter — eller rettere: efterat hun ved et nøiere Kjendskab er kommen til Klarhed over, hvor de tilslut findes — de solidere Egenskaber, paa hvilke der alene tør bygges Haab om en varig Lykke her paa Jorden.

Tro nu ikke — kjære Fader! at jeg fortæller dig dette for at prale. Mit Hjerte er isandhed altfor opfyldt af ydmyg Tak til Herren, som i sin Naade har ført mig saa langt; men jeg maatte berøre dette, for at forklare det hele, saaledes som jeg aabent og tillidsfuldt vil lægge det altsammen frem for dig. Dette moderne Uvæsen, som altsaa er trængt saa nær ind paa Livet af min dyrebare Gabriele, har nemlig ikke ladet hende ganske upaavirket. Jeg kan desværre ikke med fuld Sandhed sige dig, at den Kvinde, jeg udbeder mig dit Samtykke til at ægte, er en fuldt ud sand og enfoldig Troende. Jeg mærkede det allerede strax ved Begyndelsen af vort Bekjendtskab; men det var saa langt fra at virke frastødende paa mig, at jeg snarere maa tro, at den stærke Tiltrækning, som denne Kvinde udøvede paa mig, for en ikke ringe Del kan tilskrives et inderligt Ønske om at bidrage til, at Naadens klare Lys kunde finde Indgang i denne saa skjønt udrustede Sjæl. Og vore Samtaler bar ogsaa lige fra det første Præget af Alvor selv i de mest modstridende Omgivelser, saaledes som det verdslige Selskabsliv, hvor vi mødtes, førte det med sig. Paa samme Tid som jeg selvfølgelig afholdt mig fra ethvert direkte Omvendelsesforsøg, der kun vilde virket skræmmende og skillende mellem os, lagde jeg dog intet Skjul paa min enfoldige Kristentro; og jeg afholdt mig med Vilje saa meget som muligt fra at imødegaa de mange godtkjøbs Angreb paa Kristendommen, som du ved, Vantroen til alle Tider har saa god Raad paa, og som jeg vel for en stor Del kunde tænke mig var hende underskudt af de nævnte Fættere og Slænget. Og jeg tør kanske tro, at den Sagtmodighed og Sindsligevægt, hvormed jeg bar denne min Part af Kristi Forsmædelse, som i disse Dage saa rigeligen udøses over hans Bekjendere, kan have bidraget til at hæve mig i hendes Omdømme tiltrods for alle Ondskabens Rænker og Kunstgreb, saa at hun, da jeg igaar efter en lang Samtale for sidste Gang bad hende give mig et bestemt Svar, lagde sin Haand i min og sagde med bevæget Stemme disse Ord: „De er dog den, jeg mest har Lid til; — jeg vil være Deres."

Se — kjære Fader! dette er Historien om min Lykke; men der kom noget bagefter, som siden ikke lader mig Fred eller Hvile i mit Sind. Thi da hun havde sagt disse Ord, og allerede vilde tage Afsked med mig,— vi mødte nemlig Fru Prams Vogn — sagde hun smilende: „Men paa en Betingelse: De maa ikke blive Præst, — det maa De love mig? — lov mig det!"

Ja her er det Punkt, hvorom siden alle mine Tanker har dreiet sig, og til hvilket jeg i selve dette Brev af en uimodstaaelig og pinlig Magt har følt mig hendragen. Hvad skulde jeg gjøre? — eller lad mig først prøve at klare, hvad jeg gjorde; thi Indtrykkene var i disse Øieblikke saa overvældende, og det hele gik i Virkeligheden saa fort, at jeg neppe er mig helt ud bevidst, hvad jeg sagde, hvilke Ord jeg benyttede mig af. Men ligesaa vist, som jeg tør kalde Gud til Vidne paa, at jeg aldrig — ikke engang i hin Stund har tænkt for Alvor paa at svigte mit Kald som en ringe, men trofast Ordets Tjener; — ligesaa lidet tør jeg benægte, at de Ord, hvori jeg gav min overstrømmende Lyksalighed over hendes Samtykke Luft, kunde forekomme hende som en fuldstændig Opgivelse af alt, hvad der maatte stride mod hendes Ønske og Vilje.

Her har du min Skrøbelighed og min Synd — gode Fader! — jeg ved vel, at jeg for den som for alt staar til Regnskab for Lysenes Fader; men jeg nedlægger min Brøde i dit Hjerte som min nærmeste Instans, at du skal sætte mig irette og lede mig i denne Sag. Thi om jeg end kan finde nogen Undskyldning for mig i den Omstændighed, at der ikke var Tid til nogen grundig Drøftelse af et saa alvorligt Spørgsmaal — Fru Pram lod allerede Kusken holde —, saa staar jeg dog nu midt foran Kravet, idet jeg gaar hen for at møde Gabriele. Skal jeg da kort og godt fastholde min Beslutning at blive Præst og saaledes kanske hidføre en Misstemning, der nu i vor Kjærligheds allerførste Morgengry vilde som en henfarende Nattefrost lægge alle Spirer øde, og ganske forspilde denne Lykke, jeg saa heftigt har attraaet og nu endelig synes i saa nær Besiddelse af?

O give Gud, jeg havde dig her — Fader! — du, hvis Raad og Veiledning jeg saa lidet kan undvære, og uden hvis dyrebare Samtykke jeg hidtil ikke har foretaget noget vigtigere Skridt i Livet. I al denne Uvished er jeg derfor stanset ved den Beslutning at vente disse faa Dage, indtil jeg kan faa Svar fra dig; saaledes som du raader mig, vil jeg visselig handle, hvad det saa skal koste mig. Imidlertid vil jeg i Omgangen med min Forlovede, — du maa ikke vredes over, at jeg i min forelskede Lykke glæder mig ved dette Ord,

— overfor Gabriele vil jeg prøve at undvige en alvorligere Drøftelse af dette Spørgsmaal og saaledes oppebie dit Brev. Gud give, at Sagen maatte stille sig for dig i det samme Lys, som mit Haab lader mig se den i: at nemlig Tiden og muligens andre Omgivelser kunde bringe min Gabriele til at forsone sig med Tanken om en Livsstilling, som hun desværre har saa feilagtige Begreberom. —

Se — alt dette har egoistisk optaget mig saa meget, at jeg altfor lidet har passet paa at holde dig à jour med Begivenhederne herinde; men nu nærmer sig den velsignede Paasketid, og da haaber jeg i Hjemmets lune Krog at kunne skildre dig den onde Verdens Røre og Vildfarelser. Jeg kan først komme Paaskeaften, da jeg — som jeg vel har fortalt — allerede for lang Tid siden er indbuden til Middag hos Professoren Skjærtorsdag; og hvor vilde jeg ikke være over al Beskrivelse lykkelig, om jeg kunde hjemføre min Gabriele til vor lille Kreds! Hils den kjære gode Moder og fortæl hende om min Lykke. — Herinde taler alle om din sidste Artikel, og du kan vel tænke, at jeg faar mange varme Hilsener til dig.

Ogsaa fra Stockholm kan du snart vente noget, sagde Q ilørdags; han vilde ikke forklare sig yderligere; men paa hans venlige Mine kunde jeg læse, at den Skinsyge, som før var saa aabenbar fra hans Side, nu synes ganske afløst af en ubetinget Anerkjendelse af din Overlegenhed.

Og nu — kjære Fader! lægger jeg forsaavidt min Fremtids Lykke i dine Hænder, som jeg af dit Brev vil vide, om jeg har dit Bifald til det, jeg har gjort, og om jeg tør vente din Velsignelse til at gaa videre som mit Hjerte begjærer. Maatte vor fælles Fader være hos dig nu som saa ofte med Visdoms og Kjærligheds Raad — ham til Ære og mig til Gavn og Glæde.
Din hengivne Søn
J o h a n n e s.

VI

Grandalens Præstegaard den 5te April 1884.
Min egen kjære Johannes!
At du ikke skal læse hele dette Brev, jeg nu begynder og som kanske kan blive langt, i Spænding og Uvished, vil jeg allerede strax begynde med at sende dig min faderlige Lykønskning til din Forlovelse; og maatte den Herre Gud, under hvis Øine jeg er overbevist om, at du har følt dig i denne Sag, ogsaa fremdeles stadfæste sig som den trofaste, der aldrig slipper os, saalænge vi ikke slipper ham.
Dit Brev af 2den dennes er skrevet ud af den ægte sønlige Aand, som jeg kjender hos min Johannes; og jeg skal gjengjælde dig din Aabenhed, idet

jeg, for at give dig et godt og paalideligt Raad, vil paakalde ikke blot min faderlige Kjærlighed, men ogsaa et forholdsvis langt og ikke ørkesløst tilbragt Livs kristelige Erfaring. Først maa jeg yde dig min fulde Anerkjendelse, fordi du saa ganske har holdt dig fri for de Forelskedes almindelige Overdrivelser i Skildringen saavel af sine egne Følelsers Styrke og Varmegrad som af den Elskedes Deilighed og fortræffelige Egenskaber. Dette dit Maadehold giver mig — den erfarne Mand — den bedste Garanti; og det er hovedsageligt paa dette selvsamme Maadehold, at jeg bygger mit Haab om velsignelsesrige Følger af dit Valg saavel for dig som for hende — ja udover videre Kredse. Thi der er jo unægtelig adskilligt ved din Forbindelse med denne unge Dame, som — om end ikke ligefrem, hvad jeg vilde kalde betænkeligt, dog er af saa stor Betydning, at det fuldt ud kræver den rolige Overveielse, som den blinde Elskov sjeldent levner noget af. Jeg mener ikke saa meget de ydre Forhold; den Pramske Familie er, om end noget blandet og — som du selv siger — visselig ikke uden mindre gode Elementer, dog altid en af de bedste inden Kjøbmandsstanden; og hvad den Rigdom angaar, som du med saa megen Samvittighedsfuldhed hentyder til, saa bør ikke den forvirre eller forurolige dig. Thi for det første vil du i din egen Bevidsthed have et tilstrækkeligt Værn mod de onde Tunger, som — det maa du være forberedt paa! — ikke ville forskaane dig for de mest nærgaaende Beskyldninger, naar det nu viser sig, at du er bleven forlovet med en af Landets rigeste Arvinger. Og hvad dernæst selve Rigdommen angaar — disse Penge, som for saa mange er Livets Sum, saa vide jo vi — som Kristne, baade hvor ringe de ere, men og hvor farlige de kunne blive. Det er imidlertid overfor et Menneske i din Alder og med din ideelle Udvikling mindre væsentligt og nødvendigt at fremholde Rigdommens Fristelser og Farer; snarere maa jeg som den mere verdenserfarne advare din mod altfor meget at ringeagte det jordiske Gods. Der er nemlig i den rigelige Besiddelse af Guds timelige Gaver foruden den Lykke at kunne give og meddele de Trængende — ogsaa gjemt en anden Velsignelse, som Gud mange Gange baade fordum og nu har udøst over dem af sine Tjenere, som han har udkaaret til at fuldføre sine evige Raadslagninger blandt Menneskene under mere omfattende Former og paa en — menneskelig talt — mere storartet og mægtig Maade. Den rige og overflødige Besiddelse af Livets Goder i Forbindelse med et ydmygt Sind og en enfoldig kristelig Barnetro — dette min kjære Søn! er vistnok Gaver, som kun saare sjeldent falde i et enkelt Menneskes Lod; men vi vide dog — Gud være lovet, at de findes forenede. Og dersom du — min dyrebare Johannes! skulde være udseet til en af disse enkelte, saa vilde dette for mig være ligesom et klart Lys til Forstaaelse af Guds vidunderlige

Kjærlighed og Miskundhed. Thi mit eget Liv er — som du ved —
hengaaet i stille og beskedent Arbeide i Herrens skjulte Vingaarde; og om
jeg end nu paa mine forholdsvis gamle Dage er bleven næsten nødt til at
indtage en Post i de forreste Rækker i Kampen mod Løgn og Vantro, saa er
dette dog for intet at regne — det tør jeg vel nu sige uden at frygte for
Slangens List! — det er dog ingenting imod, hvad jeg k u n d e være blevet
for mit Land og Folk, om jeg fra Ungdommen havde medtaget, hvad Livet
saa rigeligt bød mig Anledning til af de Midler og den Magt, der bærer et
Menneske frem og op til sin Samtids høieste Høider.

 Men jeg havde min Pæl i Kjødet, og Gud være lovet, som tidligt viste mig
den. Jeg vilde ikke gaa den Vei, som baade mine Venner og — til dig tør
jeg nok sige det — mine Evner anviste mig; jeg følte, hvor
Forfængelighedens Fristelse laa nær et Menneske udrustet saaledes som jeg;
og jeg tør sige, at det med Guds Hjælp lykkedes mig at undgaa Faren.
Hverken ved mit Ægteskab eller paa min Embedsbane har jeg nogenside
seet hen til de Fordringer, en anden i mit Sted muligens kunde villet stille.
Men naar jeg nu — uden at rose mig selv kan fremlægge mit Liv i dets
Tarvelighed og mangehaande Forsagelse, saa vil jeg paa samme Tid som jeg
takker den Herre Gud, som har ført mig, ogsaa tilstaa for dig — min kjære
Søn! at det ikke altid har været saa klart for mig, om jeg ogsaa handlede ret
i at være saa strængt paa Post mod mig selv. Der er i Følelsen af sine egne
Evner noget berettiget, som man kanske ikke trodser helt ustraffet i
Længden. Men netop derfor gjorde Efterretningen om din Forlovelse et saa
dybt Indtryk paa mig. Thi dersom det har behaget Gud at finde dig — min
Søn mere værdig og mere skikket til at bære et stort og rigt Livs Ansvar, saa
vil jeg deri se en Belønning for min egen Forsagelse; og du bør da kanske
ogsaa i alt dette jordiske Gods, som din lykkelige Kjærlighed bringer dig i
Tilgift, se et Vink fra oven, som du bør nøie give Agt paa i Lydighed og
Taknemlighed. Og om du end med din Alder og forholdsvis ringe Erfaring
i Livets praktiske Skole kan være tilbøielig til at undervurdere de materielle
Midler, saa maa du tro mig paa mit Ord, at til alle Tider og især — saa
synes det — i Tider som disse betjener Gud sig mer end nogensinde netop
af disse materielle Midler i Kampen mod selve det mest materielle —
Materialismen selv. Og jeg, som nu er midt oppe i den Bevægelse, der
ligesom et Uveir farer hen over Landet, uden at jeg noget Øieblik forvirres
af Tvivl eller Raadløshed, jeg kan se og ser allerede tydeligt for mig, hvilken
Magt og Væxt til det gode der ligger gjemt og saa godt som ubrugt i din
tilkommende Svigerfaders Navn, og som i Forbindelse med den uhyre
Støtte, som baade direkte og indirekte ligger i en solid økonomisk
Baggrund vil være for den gode Sag af stor — ja uendeligt stor Betydning.

Saaledes er du — min egen kjære Søn! muligens udseet til at tilføre os nye Kræfter og ny Velsignelse, og maaske vil du engang, naar Seieren er vunden for Kristendommen og den sædelige Samfundsmoral, komme til at nyde Frugterne i et lyst og rigt Liv under en kristelig og kraftig Regjering —

Dette var nogle af mine Tanker ved Læsningen af dit kjære Brev; men som jeg ovenfor har sagt og som du selv siger — disse din tilkommende Hustrus ydre Livsforhold er jo ikke det væsentlige hverken for dig eller mig. Langt vigtigere og det, hvorpaa det egentlig kommer an, er et Menneskes indre Liv og hans Gudsforhold. Og det har gjort mig godt og varm om Hjertet at se, med hvilken Samvittighedsfuldhed og med hvor meget Alvor du har opfattet og bevaret din lille Strid med den Elskede om Spørgsmaalet Præst eller ikke Præst. Men tilgiv — min kjære Dreng! om din gamle Fader har trukket ganske smaat paa Smilebaandet over denne megen Høitidelighed. Thi vel er det ikke stort, du fortæller mig om din Gabriele; men saa underligt er det nu engang: ikke alle behøver lige meget for at forstaa en Ting. Og jeg — ser du — jeg er ogsaa i den Retning meget nøisom. Jeg har allerede et ganske godt Billede af din Kjæreste, — paa visse Punkter ser jeg kanske — hvis du tillader — endog klarere end du selv. Hun er frisindet og fordomsfri — især i religiøs Henseende; hun ved, at Præsterne altid har holdt paa Trældom og Mørke; hun elsker de Fattige og de Undertrykte og taaler ikke den mindste Forurettelse af de Svage. Hun har reist og hun har læst; og hun har altid været rig nok til aldrig at støde paa en uovervindelig Modstand. Nu elsker hun en ung Mand, og han vil være Præst? — umuligt! — aldeles utænkeligt!

Hvad skulle nu vi to gjøre — du og jeg — min Johannes? Jo, vi skal lære denne elskværdige unge Dame at tænke dette, og ikke blot tænke sig det som en Mulighed; men vi skal hjælpe hende saaledes, at hun skal takke sin Gud og sin Præstemand, fordi hun lærte at bøie sig — ikke blot for den jordiske Elskov, men for Guds uendelige Kjærlighed. Og mit Raad til dig er derfor kortelig dette: lad hende komme; — lad hende bare komme hidop til Grandalens Præstegaard nu i Paasken, saa vil jeg vædde med dig om en god Cigar, at til Pintse er en Præstefrue hendes Ønskers Maal.

Ja bliv nu ikke vred over min spøgefulde Tone. Jeg paaskjønner og glæder mig over dit Alvor i denne Sag, og jeg billiger fuldstændigt din Fremgangsmaade. Det er hverken klogt eiheller har vi Lov til at forspilde, hvad der for os og andre kan blive til Gavn og Velsignelse, ved at sætte Ord mod Ord i Uforsonlighed. Du skal se, Gud vil nok alting mage; og min ringe Bistand skal du faa, — det lover jeg dig; du ved, jeg har adskillig Evne til at omgaaes Mennesker. Hils hende nu foreløbig paa det kjærligste fra en gammel Præst og sig hende, at jeg ikke skriver, fordi jeg haaber snart

37

at kunne ønske hende mundtlig velkommen som Datter. Ogsaa fra Moder maa du hilse; hun blev naturligvis meget glad, men dog noget altereret — den Stakkel! over at skulle modtage en ung, fin Dame paa Bispekammeret. Nu gaar du naturligvis ogsaa strax til Prams, hvor jeg beder dig frembære vore Hilsener. Fruen er — som du vel ved — Datter af Byfoged Bennechen, og jeg mindes den Opsigt, det vakte, da hun tog den tørre og noget kjedelige Jørgen Pram. Han har forresten altid indtaget en noget uklar Stilling, skjønt han jo naturligvis i Grunden er paa den rette Side; men om man kunde bringe ham til en mere effektiv Deltagelse i det offentlige Liv, vilde det være ligesaa gavnligt for Sagen som for ham selv. Disse Pengemænd har ofte ingen Anelse om, hvor nøie og direkte deres egne Interesser afhænger af Tidens brændende Spørgsmaal i Religion og Politik. De er ialmindelighed ikke tilstrækkeligt udviklede til at forstaa Sammenhængen mellem den tilsyneladende Uskadelighed i de hule Fraser og de underjordiske Miner, som udhules under deres egne Kontorer. Her er et Arbeide for dig — rigt paa Muligheder og med Udsigt til velsignede Frugter for vide Kredse. Og da jeg ved, at min Johannes tager sin Gud med, hvor han gaar, saa anbefaler jeg dig med god Fortrøstning i hans Varetægt, som leder Folkenes Skjæbner og hver enkelt Vandrers Fodeljed paa Veien til de lyse Boliger.

Din hengivne Fader
D. J.

VII

Fra den sidste Jernbanestation havde de halvtredie Time at kjøre
— gjennem Skovene, hvor Sneen endnu laa høi, og over Heier og afblæste Stykker, hvor Vaarsol og Væde havde fyldt Veiene med Holke og gjort dem farligt glatte eller løst dem op til en blød Grød med en tynd Skorpe over.
De havde moret sig og leet meget over de mange Vederværdigheder — Johannes og hans Kjæreste; thi det hændte, at de forlod et Skydsskifte i Slæde paa det ypperligste Føre med klingende Bjælder, og en Fjerding længer fremme maatte de ynkeligen slæbe sig videre i en laant Stolkjærre gjennem gul Lersøle og bundløse Grober.
Men paa det sidste Skifte mødte de Præstens egen Bredslæde og hans to røde Heste. Opover til Grandalen var der endnu høi Sne, og Veien gik i Skov hele Tiden. Da de derfor var komne vel tilrette i Fodposerne under Bjørnefellen ved Siden af hinanden, følte de, hvor behageligt det var, at faa sidde lunt og godt; de var igrunden uhyre trætte af at le og snakke; og de hensank — hver paa sin Kant i behagelige Drømmerier, mens de to Røde

hurtigt og lydløst skiftede Fodslag i den løse Sne; og Slæden fløi let og muntert imod Hjemmet.

De sorte Træstammer mod den hvide Sne gled ensformigt forbi Gabriele. Men Johannes, som kjendte Skoven og hver Bugt af Veien, havde Fornemmelsen af Hjemmet, som nærmede sig. Og hans Tanker løb foran de to Røde opover den lange Stigning og nedover igjen paa den anden Side af Aasen, som jævnt og langt skraanede ned mod Elven og Dalen, hvor hans Fader boede.

Og aldrig havde han følt en saadan Længsel mod Hjemmet som denne Gang, da han bragte en Seier med sig, imod hvilken hans Examener ikke vare værdige at nævnes. Hun sad ved hans Side, lænede sig tryg og fortrolig ind til ham — denne Kvinde, denne Dame af Landets første, kjendt, beundret — attraaet baade af dem, der havde forelsket sig i hendes Skjønhed, af dem, der fandt hende interessant og glimrende, og af dem, der aandeløse rakte Hænderne ud — som i en Drøm, hvor det gjælder et lykkeligt Greb i den gyldne Dynge — hun, den skjønne Kvinde og den gyldne Drøm sad ved Siden, lænede sig tryg og fortrolig ind til ham.

Bag sig saa han en Række lange Næser. Fætterne, — Slænget, hele dette Ungdomskrapyl, som fik gro i disse forvildede Tider, inden endnu hele Pakkets Reisning var slaaet endeligen og for bestandigt ned, —til en Begyndelse havde de alle faaet en lang Næse, og Johannes gottede sig med god Samvittighed.

Thi han havde efter sin Faders sidste Brev begyndt at se sin Forlovede ligesom paa en mere almen Baggrund, som et Led i noget sammenhængende. Det var ikke underligt, om dette ikke var faldt ham ind før, mens han endnu gik taalmodigt og tvivlede og ventede, om han alligevel tilslut skulde vinde hende. Men nu begyndte han at se, at denne Lykke maatte han ikke tage egoistisk og rent personligt; — at saa meget blev anbetroet i hans Hænder, var noget meget mere; og han fyldtes af Taknemlighed mod Gud, som saa rigeligen havde bønhørt ham og endt hans Prøvelser.

Og hans lykkelige og løftede Tanker gik videre ud i Livet — fremdeles med hende tryg og fortrolig ved Siden. Udsigten var ogsaa nu en anden og lysere, efterat han ogsaa paa et andet Punkt var gjort rolig og tillidsfuld ved detsamme velsignede Brev fra Faderen.

Johannes havde nemlig aldrig kunnet forstaa det Træk hos den ellers saa beundrede Fader, der drev ham op til Nordland som Fiskerpræst og som endnu holdt ham borte fra Hovedstaden, — en Mand, om hvem det var sagt mange Gange, at han var selvskreven til at indtræde i Statsraadet, om nogen skulde dø, — han nøiede sig med at hædres saadan halvt underhaanden som den talentfulde og overlegne D i Hovedstadens Avis.

Nu havde Johannes faaet Forklaringen og tillige den dyrebare Forvisning om, at noget lignende ikke vilde blive forlangt af ham; og paa samme Tid som han i høi Grad maatte beundre det heroiske i Faderens Kamp mod Forfængeligheden, var det ogsaa med mere Ro og Tillid end forhen, at han lod sine Fremtidsdrømme bære høit op til en stærk og mægtig Kirke — saaledes som Guds Kirke burde og maatte staa i disse Tider — høi og lys, omgiven af kraftige Mænd, der vare saaledes stillede, at de ikke behøvede at nedværdige den hellige Myndighed, men kunde bære den høit som den Vældiges Vidner blandt Menneskene.

Den lille Johannes rettede sig i Pelsen; thi han var i Virkeligheden ikke stor. Naar nogen sagde, at han mindede om Moderen, ligte han det slet ikke; men hans Stolthed var Ligheden med Faderen i Stemmen og i Manerer. Det var hans Orm, at Erfaringen — en bitter Erfaring havde lært ham, at hans Person havde noget ubetydeligt ved sig — noget, som gjorde, at Folk trak Øinene op og sagde — ah! — naar han nævntes som Søn af Daniel Jürges — den talentfulde D i Hovedstadens Avis.

Hvor længe havde han ikke ventet, hvor havde han ikke trættet Himmelen med Bønner om Taalmodighed og mere Taalmodighed til at bære al denne Tilsidesættelsens Kval, al denne stille Overseen. Hvor havde det ikke pint ham at gaa saaledes uerkjendt blandt de dumme Mennesker, som ikke vidste, hvad der boede i ham, og som gik saa vidt, at de tog ham lemfældigt under Beskyttelse for hans Fars Skyld — ham!

Kun et Par Lærere og de, der havde iagttaget Johannes Jürges, naar han i Skolen kjæmpede sig frem til de første Nummere eller ved Universitetet arbeidede sig gjennem en Examen i Spidsen for alle — kun de kjendte hans Ihærdighed; og Gabrieles Fættere bandede høit og lydeligt paa, at hans Kurtise i hele denne Vinter havde været et Mesterstykke af Beregning og Udholdenhed.

Selv smilede han tillidsfuldt; thi han vidste, at Gud er stærk i de svage — i de tilsyneladende svage. Et stort Skridt var han naaet fremad; han følte med sitrende Velbehag, hvorledes hans Kraft begyndte at blive Magt; men uden Overmod og uden at forhaste sig tænkte han videre paa de Vanskeligheder, som endnu laa nærmest for Haanden.

De havde ikke været inde paa Spørgsmaalet siden, — det vil sige ikke for Alvor. Hvergang Gabriele vilde komme med noget om hans opgivne Præstekald, bøiede han af i Spøg eller gik over til noget helt andet. Men længe gik det ikke paa den Maade, det forstod han, og det var paatide, de kom hjem til Faderen.

Og altsom de nu nærmede sig, sad han tæt ind til hende og ønskede og bad, at det maatte gaa godt: at Faderen maatte synes godt om hende; og at Gabriele maatte faa et mægtigt Indtryk af ham, — hun var desværre saa uberegnelig, — og at Moderen ikke maatte tage sig altfor tarvelig og ubetydelig ud. O — den stakkels kjære Moder! — han var igrunden ikke bange for hende; — hun og Gabriele vilde nok blive gode Venner; og desuden kunde der ingen Fremmede være hjemme, det havde han seet saa tidt, uden helt og holdent at blive optaget og fængslet af Faderen. Saaledes vilde det ogsaa gaa Gabriele; hun vilde i det hele taget faa andre Tanker, naar hun saa en Præst som han. —

Imidlertid sad hun paa sin Side i halvklare Drømmerier, der fra først af syslede med Glæden over, at hun sad, hvor hun sad, og over, at hun i Virkeligheden holdt saa meget af ham, der sad ved Siden. Det mørknede i Skoven, og den dybe store Fred, gjennem hvilken de fløi med muntre Bjælder, forfriskede hendes Sind og lyste lidt op i den Lede og Ligegyldighed, som denne Vinter havde efterladt i hende.

Aldrig havde nogen Saison hjemme i Byen været saa græsselig; og det værste — det, som mest ængstede Gabriele, naar hun tænkte paa sit fremtidige Liv, — det var, at der igrunden aldrig havde været saa meget Liv, en saadan Iver, en saadan Fart i alle Mennesker som netop nu, og alligevel skulde der være saa — — saa — ja kjedeligt var ikke Ordet. Vistnok var det ligesaa ørkesløst som selve Kjedsommeligheden; men paa samme Tid var det spændende, denne Raslen med Aviser, denne Kasten med Stikord — hele dette Spil, som bragte Venner til at hade hinanden og klinede de argeste Fiender sammen Arm i Arm.

Den Iver, hvormed hun ogsaa selv havde kastet sig ind i Samtalestriden, da hun kom hjem fra Udlandet, kjølnede ikke af den Grund, at hun tabte, endmindre fordi hun vandt. Hun gik fra Gruppe til Gruppe, fra høire til venstre og havde fuld Frihed til at vælge sin Omgang. Hjemme kom der vistnok ikke saa mange i Vinter. Prams havde næsten indstillet al større Selskabelighed udenfor Familien. Thi da Jørgen Pram i sin ubegribelige Flegma holdt sig politisk indifferent, begyndte han at invitere af begge Partier i Flæng; og det tog meget snart en Ende med Forfærdelse.

Men ellers havde hun den mest ubegrænsede Anledning til at mødes med, hvem hun vilde, — til den ene Side gjennem Husets store Omgang og Slægten og til den anden ved personlige Bekjendtskaber, som hun dels hjembragte fra Reiser dels stiftede, naar hun selv vilde.

Thi om Fru Pram kunde være noget ængstelig, fik Gabriele altid Støtte i sin Far. Jørgen Pram havde en Gang for alle udtalt, at enkelte Fruentimmer kan gjøre, hvad de vil; og hans Gabriele var en af disse.

Forøvrigt delte han ingenlunde hendes Anskuelser — hovedsagelig, fordi han ikke havde Anskuelser i større Format end til den daglige Omsætning. Men han morede sig kosteligt, naar han hørte sin Datter med hendes uforlignelige Freidighed gaa løs paa en eller anden hæderkronet Forbogstav fra Hovedstadens Avis.

Det morede ham, og det morede flere, og det var dette, som fra først af begyndte at kjølne Gabrieles Iver, indtil hun sank ned i en kjed og led Modbydelighed over alt dette Snak, saa at hun ikke længer gad være uenig, om det var aldrig saa galt.

Thi det gik op for hende, at hun var ganske udenfor Spillet. De hørte paa hende, smilte, tog varsomt paa hendes Voldsomheder og lod, somom de lyttede til en besværlig Kanarifugl, naar hun slyngede sin Spot og Haan helt op til de høieste og helligste Autoriteter. Og da opgav hun det, slog sig sammen med de afskyelige Fættere og deres Slæng, snakkede letsindig og opførte en liden Hvirvel af smaa upolitiske Danseselskaber med Champagne, som de Gamle lod passere i etslags Aandsfraværelse; — man kunde virkelig ikke passe paa alting i saa bevægede Tider.

Men hun var ulykkelig i det. Thi hun ikke blot følte; men hun var moden nok til at forstaa, at denne Strid, ud af hvilken Mændene jog hende lempeligt, den var ikke bare politisk — som de sagde — og noget, der ikke kom lille Frøken Pram ved. Det var hendes egen Livsanskuelse, det gjaldt; de Ideer som vare hende de væsentligste og dyrebareste — om dem var det, de reves og sledes, mens de kastede hendes kjæreste Navne i Hovedet paa hinanden — snart som Beviser, som som Skjældsord.

Men h u n fik ikke være med.

De vilde ikke forstaa, at med den Opdragelse og Udvikling, hun havde faaet, var hun adskilligt forud for de fleste jævnaldrende Mandfolk, der aldrig havde været ude, aldrig læst andet end Lexer og Aviser, og som kun kjendte Samtidens Ideer, fordi de havde redet rundt paa dem i den lune Ovnskrog.

Da grebes hun af den dybe Modløshed og Skammen, fordi hun ikke duede. Den Frihed, hun havde nydt, og al hendes gode Faders Tillid var spildt og ufortjent; hun gav ingen Renter af al den Kapital, som var ødelagt paa hende; — og al den Kundskab, al den Styrke i Overbevisningen — den havde Ingen Brug for; thi hun var Frøken Pram og det skulde hun foreløbig forblive, indtil hendes Umyndighed kunde vorde beseglet ved et kristeligt Ægteskab.

Hun vidste ikke, om hun skulde le eller græde; men hendes Natur valgte at le; og det gjorde hun altsaa en Tid; men med meget ond Samvittighed.

I alt dette var der kun en, som tog hende alvorligt, og det var ham, hun nu sad ved Siden af.

Den lille stive Theolog med de klare faste blaa Øine, ret i Ryggen med rolige Bevægelser, og en uforanderlig sikker Stemme, — han, som hun vexelvis beskyttede og vexelvis overgav til de ugudelige Fættere, — han, som lig en Nisse af Hyldemarv altid stod paa sin Blyklump midt foran hende, hvor galt hun havde spillet med ham, — mod ham droges hun efterhaanden.

De var knapt enige om nogen Ting under Himmelen — endmindre i Himmelen. Men hun lærte at sætte Pris paa det Alvor, hvormed han modsagde hende, og den Ro og Ligevægt, som aldrig forlod ham, selv om hun sagde Ting, som hun vidste i høi Grad maatte støde ham.

Dertil kom hans trofaste Tilbedelse, som intet kunde trætte eller forvirre — hverken Spot eller Kulde eller Luner eller Lystighed. Han fulgte med og holdt ud i en Kreds, der var ham saa fremmed, og hvor igrunden alle de andre afskyede ham; aldrig veg han tilbage og aldrig trængte han sig frem; han bare var der; — bestandig var han der.

Da nu Gabriele havde gjennemgaaet en Række Stemninger overfor Kandidat Jürges, blev han hende jævnt venskabeligt-ligegyldig. Indtil Foraaret begyndte at gjøre en Ende paa Vinteglæderne. Det begyndte at blive lyst i Gaderne til langt ud over Eftermiddagen; og det blev ikke længer morsomt at ligge og halvsove i Sengen de lange Vintermorgener og blinke mod det røde Hul i Ovnsdøren.

Den Forandring i Liv og Sædvaner, som trængte sig frem, rystede ogsaa Gabriele ud af det Hylster, hvori hun havde indhyllet sig tilligemed sin onde Samvittighed.

Men da hun hørte, at den øvrige Verden var ligesaa dum, ligesaa overlegen og ligesaa umulig som før, men langt mere rivende gal, blev hun ganske fortvivlet, saa hun tilslut næsten ikke taalte at høre Mennesker tale, men gik ensomme Spadserture, hvor hun da mødte Johannes Jürges. Og da følte hun, hvilken Lettelse det var at kunne tale ud til en, som baade kunde høre og tie og svare saaledes, at der blev Alvor og Oprigtighed enten man saa var uenig eller enig.

Hun betroede ham da, hvor pinligt hun følte det magtesløse i sin Stilling, og derved opdagede hun, at ogsaa han gik med et indestængt Krav, en Trang til at gjøre sig gjældende, som han pludseligt forraadte i et heftigt Øieblik og i saa brændende Ord, at Gabriele blev overrasket og rørt. Det forekom hende stort af ham, at han gik saa stille med det, og det nærmede dem til hinanden, at de hver paa sin Vis ikke kunde faa Tag paa Livet. Hans trofaste Beundring, der altid stod saa beskeden og færdig til at tage hendes Haand, gjorde hende varm om Hjertet; og tilslut kom hun til at holde af ham, saa at hun hin Aften sagde ja, — hun vilde stole paa ham og følges med ham i Livet.

Alligevel var det en vis Overraskelse, da det gik op for hende, at dette var en regulær Forlovelse med alt Tilbehør; og Veninder og skuffede Tilbedere gjorde et saadant Virvar omkring hende af Forbauselse og Fortvivlelse, at hun var glad over at blive det hele kvit ved at følge hjem med sin Forlovede til Faderens Præstegaard

I hendes eget Hjem var Moderen vel tilfreds med Partiet,— hun havde altid beskyttet den theologiske Kandidat; Jørgen Pram forundrede sig, men sagde ikke noget.

Men ude i Byen blev hendes Forlovelse en Begivenhed, som trængte igjennem Dagens Strid og næsten blev af politisk Betydning: Søn af Præsten Jürges — den talentfulde D i Hovedstadens Avis forlovet med Datter til en af Landets første Rigmænd; h a n havde skudt Papegøien; men h u n kunde sandelig ogsaa være glad.

Alene de ugudelige Fættere og deres Slæng bandte høit og lydeligt paa, at Gabriele havde taget ham paa Trods — for at gjøre noget rigtig splitrende galt, — fordi hun kjedede sig.

Fra alt dette kjørte hun nu bort — lykkelig og let ved at være kommen fri og ind i Forhold, hvor hun selv raadede, mod en Fremtid, som hun sad og udmalede sig.

Hendes Kjærlighed var bleven hende bevidst paa en saadan underlig rolig Maade. Hun havde jo længe mærket, at han var indtaget i hende og vidst, at han bare gik og ventede paa et Ord fra hende; og da hun tilslut forstod, at hun havde gjort ham Uret i meget, fik hun en Trang til at hengive sig helt og varmt til denne trofaste og alvorlige Mand.

Men medens hun tænkte paa, hvor lykkeligt de skulde leve sammen, og hvorledes hele Livet atter var blevet rigt og lyst for hende, kom hun til at smile ved Tanken om, hvor ulige de dog vare, hvor ofte hendes kjæreste Tanker tørnede mod hans besynderlige sikre Domme, der ligesom Klipper omhegnede den Indsø, paa hvilken hans urokkelige Overbevisning seilede omkring for sig selv.

I religiøs Henseende var hun selv saa klar, at hun mente, den ene skulde ikke fortrædige den anden. Men hun vidste fra deres Samtaler, at mangfoldige andre Spørgsmaal for ham laa bagom Klipperne, indenfor de Mure, han som Kristen ikke maatte overskride — Spørgsmaal af rent menneskelig og social Natur, og det fandt hun latterligt; han v i d s t e saa lidet, — det vil sige: hans Viden var nok tæt, men saa kortskaaret.

Thi han havde jo en god klar Forstand, en let og sikker Opfatning og dertil — det tvivlede Gabriele ikke paa — udmærkede Kundskaber som Theolog; og forresten var han jo en sjeldent grundig og veloplært ung

Mand.

Men alle disse gode Ting laa saa forunderligt tørt aflagrede i ham. Istedetfor, at alt hos hende af indre Udvikling ligesom bøiede sig udover, aabnede sig og tøiede sig videre og videre med en glad Trang til at omfatte mere og mere, syntes tvertimod al hans Evne at bøie sig indover i skarpe, kraftige Linier, runde sig fastere og fastere om en velrustet Sikkerhed.

Gabriele nærede ingen Tvivl om, at det skulde lykkes hende at aabne for Lys og Luft i hendes kjære Vens Hoved; og hun glædede sig til at følge ham ud i den fremmede Verden, hvor hun selv var bleven fyldt af den store menneskelige Samfølelse, som siden havde gjort alt det, hun vidste, sammenhængende og fuldt af Liv og Mening.

Naar hun selv, da hun første Gang kom ud, næsten med Overraskelse havde kjendt sig fuldstændig jævnbyrdig med dem, hun mødte, saa maatte det være en dobbelt Glæde at følge en saa veludrustet Mand som hendes ud i Verden, for sammen at forsvinde i Mylderet af tænkende og arbeidende Medmennesker og samtidigt vide sit lune Hjem langt oppe mellem Fjeldene i de lyse Nætter.

Det var ikke andet, som manglede ham, — det var Gabriele vis paa; og det var ikke til at undres over.

Alt, hvad han havde lært fra Gut til Kandidat, havde været sikre bastante Ting — ikke blot Kjendsgjerninger, men Læreres og Professorers Meninger, hvilke vare langt sikrere og fastere i Massen end almindelige Kjendsgjerninger, — det var nedlagt i ham firkantet og retvinklet som Dominobrikker. Og til at sammenbinde alt dette havde de ikke medgivet dette voxne Menneske andet end den lille lutherske Sekts Ufeilbarlighed. Hun kjendte nøiagtigt, hvor lang Line de havde givet ham paa de seierrige Streiftog, som de unge Theologer fik gjøre ind i den evropæiske Vantro, mens Professoren holdt i Tampen.

Hun vilde følge ham ud — ikke til noget bestemt Sted, ikke for at lade ham se, høre eller lære noget bestemt, men bare følge med og iagttage, hvorledes det gik ham som det var gaaet hende selv. Thi Gabriele var overbevist om, at det frigjørende ved det fremmede laa hverken i at løftes eller trykkes ved Sammenligninger, men i at gribes dybt af Fællesfølelsen med Mennesker uden at være fæstet blandt dem med de tusinde tørre Trevler af det dagligdagse Kjendskab, som i selve Hjemmet oftest ender med at overgro og kvæle de livførende Rødder.

Det tænkte hun paa, medens hun tryg og fortrolig lænede sig ind til sin Forlovede; hun vilde se de snevre Mure falde og glæde sig, naar Glæden over Livet vældede frem i ham og seilede afsted med alle de firkantede Pakkasser, hvori hendes kjære Theologs Sikkerheder havde været nedlagte i gammelt tørt Hø. Han maatte gjerne forblive i sin Religion, naar han bare ikke vilde være firkantet i andre Ting; og da Oprigtigheden var det Træk hos ham, som hun mest satte Pris paa, følte hun sig overbevist om, at naar han bare blev luftet ud, vilde han af sig selv føres til Arbeide, for at frelse og frigjøre Mennesker, der led i Uvidenhed og Trællesind. Men ikke som Præst. Ikke engang saaledes som Johannes var i dette Øieblik kunde hun tænke sig Muligheden af, at han vilde være Præst. Til for Alvor at være en Sjælesørger, var han altfor lidet udviklet, og Embedsmand i Statskirken! — det vidste hun, han kunde ikke ville. Og Gabriele tænkte derved mindre paa hans Løfte; men de havde sammen saa mange Gange gjennemgaaet Spilfægteriet med en Statskirke og officiel Gudsdyrkelse, — d e r havde han været enig med hende — ikke i Udtrykkene, men i Tanken.

Og om hun end ikke ventede sig saa meget af ham — eller af dem begge i Forening, saa var det dog hendes kjære Drøm, at han og hun kunde forme et Samliv uden nogen Undertrykkelse og uden Hykleri; — et Hjem herhjemme for lysere Glæde og større Mandemod end det voxede under den afskræmte, firkantede Selvgodhed.

Og mens hun forestillede sig dette Hjem, saa hun Lys mellem Stammerne; — i Halvmørket skimtede hun et hvidt Hus med Havestakit foran, i Kanten af en Rydning i Skoven; det laa saa varmt og koseligt nede i Sneen.

„Se — se! — det er Præstegaarden — Johannes! ikke sandt? — ja der ser hyggeligt ud.“

„Nei, nei — kjære Gabriele! tænk Præstegaarden. Husker du ikke, jeg har sagt dig, at Præstegaarden ligger paa venstre Side af Veien. Dette er Lensmanden.“

„Ak — jeg var saa vis paa, at dette maatte være dit Hjem,“ sagde Gabriele skuffet; „der ser saa hyggeligt ud.“

„Nei Kjære! du skal se med Dagen, det er et gammelt Skrummel af et Hus. Præstegaarden er forholdsvis ny — næsten moderne, du skal bare se; nu er vi der strax; — se der var Kirken.“

Gabriele satte sig tilrette og begyndte at grue for Indtrædelsen. Denne frygtelige D fra Hovedstadens Avis var ubetinget det mørke Punkt i Forlovelsen. Hun vidste ikke, hvorledes hun skulde faa udtrykt, at hun var usigeligt uenig med ham i alt og alligevel fæste sig en Plads i hans Hjerte, som hun ønskede for Johannes's Skyld. Hun vilde gaa meget langt i sin Elskværdighed; men hvis han virkelig var den myndige Herre ogsaa udenfor Avisen, saa vilde hun ligesaa godt først som sidst sige fuld Besked om sig og sit Standpunkt.

Derfor var hun ikke fri for lidt Hjertebanken, da Johannes viste hende den høie hvide Væg af Brystet paa Hovedbygningen, som skimtedes mellem

46

Træerne.

„Men hvad er det for noget underligt, som er bygget op i Gaarden?"
spurgte Gabriele, da de svingede ind fra Postveien; „det ser ud som en syg
Elefant med Sne paa."

„Aa, det er et gammelt Hus, som Far ikke kan faa Sognet til at reparere,"
svarede Johannes noget strængt; thi han hørte, at Gutten bagpaa tillod sig
et lidet Kluk over Elefanten.

„Saa vilde jeg heller reparere det selv," sagde Gabriele, da de fór forbi det
gamle sorte Hus, som ludede under Snetaget med skjæve Vægge.

Johannes hviskede hurtigt: „Det er noget du helst ikke bør tale til Far om;
han har havt saa mange Ærgrelser af det Hus. — Men se nu her" — og i
Glæde over Hjemmet reiste han sig halvt op „se Gaarden, hvor rummelig,
og se — Lys i Stuen og Lys ovenpaa — paa Bispekammeret, — der skal du
være; — ser der ikke lunt ud i Stuen? — se, der er Far!"

Oppe paa Indgangstrappen i den aabne Dør viste sig en høi Skikkelse, og
efterat Johannes i en Fart havde viklet hende ud af Fodposen og Fellen,
førte han hende opad Trinnene og raabte lykkelig: „Far! — her er hun!"

Præsten tog hende i sine Arme og sagde med sin smukke Stemme, hvis
Lighed med Johannes's strax slog hende:

„Gud velsigne din Indgang og din Udgang."

Derpaa blev hun ført ind i den rummelige Gang, hvor der hang en Lampe,
og hvor Johannes fremdeles straalende forestillede hende for Moderen, der
gav hende en liden forskræmt Kys bortover Munden, og derpaa ivrigt gav
sig ifærd med at pille af hende Tøiet. — Forlegenheden mellem disse
ganske Fremmede, som saaledes med et førtes saa nær indpaa hinanden,
gav sig Udtryk i en Mangfoldighed af venskabelige Smaaord og Forsøg paa
at hjælpe og være til Tjeneste; alene Johannes, som kjendte begge Parter,
følte sig fuldstændig lykkelig og begyndte til Gabrieles usigelige Forbauselse
at hoppe omkring og le som en Skolegut.

Hun selv blev — som hun pleiede under uvante Omgivelser — rolig og
lidt stiv; og hun gjorde sig al mulig Umag for ogsaa at berolige den lille
Præstefrue, som fulgte hende ovenpaa.

Men Fru Jürges svirrede hjælpeløs omkring og mumlede en lang
Undskyldning, som aldrig tog Ende, og det nyttede ikke, at Gabriele
forsikrede, at Bispekammeret var det smukkeste Soveværelse, hun havde
seet; — Fru Jürges blev ved med sit, og da hun pludseligt bad om
Undskyldning, fordi hun maatte ned og se til Aftensmaden, lod Gabriele
sig falde ned i Bispens bløde Stol og lo.

Det blev hende med en Gang klart, i hvilken Grad hun selv stak af imod
disse Folk. Denne brede, storslagne Skikkelse af en Præst, i hvilken hun

vidste, at der boede en Forbogstav fra Hovedstadens Avis, og denne fine
Kvindeskikkelse, i hvem der ikke syntes at være andet tilbage end en
halvfjollet Elskværdighed, og saa hendes kjære lille firkantede Theolog, som
pludseligt gav sig til at hoppe og sprælle med Benene — nei — nei! det
havde vel været noget for de ugudelige Fættere!

Men de skulde ikke faa noget at le af. Hun vilde selv gaa ind i denne Kreds
og lære at forstaa den. Havde hun ikke længe kjendt Johannes uden at
opdage ham; og dog var han nu bleven hende saa kjær; det skulde ogsaa
hans Mor og Far blive for hende. Og Gabriele skyndte sig at gjøre Toilette,
for at gaa ned i Dagligstuen; og da hun steg ned ad den brede Trappe,
indaandede hun med Velbehag den landlige Duft i et rent og velvasket
Hus, hvor der holdes varmt og lunt uden Luxus og Pral og spises god
velstelt Mad, — hun kjendte Kalvesteg fra Kjøkkenet. —

Hun fandt de to Herrer ved Pibebordet henne i Ovnskrogen og hørte dem
dæmpe og afbryde Samtalen, da hun traadte ind. Johannes løb hende
imøde, og Præsten trak galant Gyngestolen frem, hvori Gabriele tog Plads;
og en Samtale begyndte af sig selv — utvungen og munter, saa at ingen
følte nogen Tvang eller Forlegenhed.

Det var Præsten selv, som førte an; og Johannes frydede sig, da han saa,
hvorledes Gabriele — hun som alle — blev revet med, naar hans Far ret
vilde udfolde al sin fængslende Elskværdighed.

De talte om Byen, Bekjendte og Bøger, — om alt, som kom frem; og
Gabriele modtog muntert den Stilling, hun strax fik anvist ved et let
Anstrøg af godmodigt Drilleri, som Præsten tillod sig, og hvori for dem
begge laa udtrykt, at de gjensidigt vidste om hinanden, at de vare
Modstandere, men vare enige om, at lade det gaa i al Venskabelighed.

Imidlertid dækkede Jomfruen Bordet, medens Fru Jürges løb ud og ind
med mange Beklagelser over, at de brugte at spise til Aftens i Dagligstuen.
Og ved Bordet blev Samtalen fortsat — lige livligt og til gjensidig
Tilfredshed. De drak Rødvin, og der var ganske rigtig Kalvesteg — baade
fordi det var Paaskeaften og for de unges Skyld, som havde reist hele Dagen
uden varm Mad.

Først efterpaa, da de sad rundt Bordet foran Sofaen, fik Fru Jürges Tid til
at glæde sig over det gode Indtryk, som den nye Svigerdatter øiensynlig
gjorde paa Daniel, og hun nikkede smilende til sin Søn. Selv følte hun sig
desværre ikke tiltalt af denne unge Pige med dette rolige sikre Væsen; og
mens Fru Jürges fulgte Samtalen — mere efter Lyden end efter Ordene —
for der flere Gange som en Ængstelse gjennem hende, naar Gabriele
smilede og freidig sagde noget stik imod Daniel selv.

Men hun saa, det gik godt, og at der var Fred og god Forstaaelse; og nogenlunde rolig gav hun sig til at studere den unge Dames Person. Det var ikke saaledes, hun syntes unge Piger skulde se ud; begge hendes egne Døtre, skjønt de kanske ikke havde været saa smukke, saa dog langt mere — mere — iethvertfald bedre ud. Var det en Maade at sætte Haar op! — med et Par store Naale og ikke en eneste redelig Flette, — Fru Jürges's Fingre kløede efter at faa kjæmme og flette dette store uryddige Haar, som hun syntes saa ud til at ville falde ned hvert Øieblik. Men det sad — underligt nok — godt og fast og kom ikke i Uorden, uagtet Gabriele laa tilbage i Gyngestolen med Nakken i Trøsteren og vendte sig livligt fra Daniel til Johannes, altsom de talte; og da Fru Jürges var kommen lidt tilrette med det uvante Snit af hendes Klær og havde fulgt hver Søm i Gabrieles Kjoleliv Sting for Sting, begyndte hun at forstaa denne feilfrie sikre Elegance, og det gjorde denne nye Datter endmere fremmed og fjern.

Midt paa Bordet stod Lampen; og Præsten udfoldede, altimens han holdt Samtalen igang, den ankomne Post med Avispakker og Breve, ordnede og bredte udover og læste et Par Linier hist og her.

Johannes sad og røgte i Sofaen hos sin Moder; og den store Lykke, han følte ved at være kommen hjem og i saadant Følge, gav sig Luft i smaa spøgefulde Kjærtegn mod Moderen og forelskede Øiekast til Gabriele, som laa tilbagelænet i Gyngestolen. Den lange Reisedag begyndte at vinde Bugt med hende. Og selve Samtalen — saa let som den fløD — var alligevel anstrængende. Thi intet kunde nævnes, uden at Præsten Jürges vidste Besked; og hver Gang, naar hun vilde sige ham imod — og den Besked, han vidste, var bestandig saadan, at hun — m a a t t e sige imod, — saa viste det sig tilslut altid, at han vidste bedst Besked. Ialfald blev hun siddende fast og forladt, naar han med sit lune Smil citerede og spurgte, om hun havde læst det eller det — af den eller den? Mangt og meget havde hun ikke læst — ialfald ikke saa grundigt, at hun havde fundet alt det, han havde fundet; men han kjendte og vidste alt om alle; der var ikke et Navn i Samtiden ude eller hjemme, som han ikke havde prøvet og værdsat; og skjønt han ikke ligefrem talte nedsættende om hendes kjære Navne, var der dog over alt, hvad han sagde, en lemfældig Skaansomhed — som af en Kjæmpe, der nedlader sig til at lege, — noget som — efterhvert hun blev træt — alligevel endte med at irritere hende — trods alle gode Forsætter.

Men Daniel Jürges — som han sad og udfoldede Hovedstadens Avis og ordnede efter Nummer alt dette brogede Stof, som inden disse Spalter var omstøbt i en fast bestemt Aandsretning — en Aand, med hvilken han følte sin egen i Slægt, den store overlegne Ordenens, Sandhedens — Kristendommens Aand! — han blev indvendig mer og mer spøgefuld ved Tanken om den Høitidelighed, hvormed hans brave Johannes havde optaget dette lille Pigebarns Uvilje mod Præstestanden og hendes moderne Anskuelser overhovedet.

Han havde nu behændigt følt hende paa Tænderne; og det slog fuldstændigt til, som han havde tænkt: det var Melketænder. De havde tørnet sammen i de almindelige Stridsspørgsmaal, — ja Politik havde han sprunget over, — hendes politiske Anskuelse var naturligvis den rene Kalvedans; men det kunde han virkelig ikke beskjæftige sig med, — derimod om Literatur og Kunst, om Kvinden og hendes Stilling og hvad dermed stod i Forbindelse, — alle disse Prøvestene havde de streifet, og Prøven havde overalt fremvist den ganske grønne, ferske Form af den moderne Fordærvelse, som — Gud være lovet! — var mest til at smile over hos et saa ungt og forøvrigt saa lykkeligt udrustet Individ som hans tilkommende Svigerdatter.

Da derfor Johannes, som mærkede, at Gabriele kjæmpede med sin Træthed, foreslog, at de skulde sige godnat, reiste Præsten sig smilende og sagde — ligesom afsluttende Dagen: „Ja ja — min kjære Gabriele! — vi to skal nok komme til Enighed, det føler jeg mig forvisset om. Jeg har jo selv været ung og langt inde paa de Ideer, som Ungdommen nutildags tumler med; — thi det maa den kjære Ungdom vide: intet er nyt under Solen. Jeg har været og jeg tør sige, jeg er endnu den Dag idag en varm Ven af Reformer. Men — hvad jeg har forud for den freidige Ungdom, det er Forsigtighedens gode Gave, den gavnlige Mistro til det nye og uprøvede, som hænger og skinner saa fristende derude i den blaa Luft. Og vi, som saaledes have faaet Anledning til ligesom at se Sagen fra begge Sider, vi vide, at en Reform kun kan blive en sand og virkelig Reform der, hvor Forholdene ere modne for den; og vi kjende tilstrækkelig Følgerne af den blinde og urene Omstyrtelsesiver, hvor langt ud over Maal og Maade den løsslupne Lyst til Forandring fører forfængelige og magtsyge Mennesker, — hvor usigeligt let det er at kaste Barnet ud med Vaskevandet."

„Ja mon det virkelig er saa let?" — spurgte Gabriele med en tør Stemme, som bragte Johannes til at se op. Hun gyngede langsomt fremover og blev siddende med Ansigtet op mod Præsten, som stod midt foran.

„Hvad mener du? — hvad er let?" — spurgte han.

„At kaste et Barn ud, fordi man vil hælde bort Vaskevandet?"

„Men Gabriele! — jeg tror, du tager Ordsproget bogstaveligt?" — raabte Johannes og lo.

„Ja Kjære, vil man bruge Ordsprog som Argumenter, faar man virkelig tage Hensyn til, hvad de betyder. Dette gamle Ord er vel en Levning af en Historie om en utroligt skjødesløs Moder; og det er bleven bevaret som en Paamindelse om, at saa stor kan Tankeløsheden være, at det urimeligste kan ske. Men det er aldeles ikke Ret at komme og fortælle, at det sker saa usigeligt let."

„Men Gabriele! Far brugte jo bare Ordsproget saaledes som det jævnlig bruges, — i den almindelige Betydning —"

„Ja ja — min Ven! tror du ikke jeg ved det," svarede Gabriele og blev haardnakket ved at se paa sin Kjæreste; „det er jo dette Ord, alle Reformvenner har maattet slide med fra Arilds Tid, og det er vist uslideligt. Thi Sagen er, at yderst faa vil vedkjende sig, at de sværmer for at bevare gammelt Vaskevand, og derfor kommer de halende med dette Barnesnak — omforladelse! — med dette Snak om Barnet, som det skal være saa usigeligt let —"

„Ei — ei! min lille Svigerdatter! — du har en skarp Tunge, og du svinger den med Frimodighed," sagde Præsten leende og klappede hende paa Kinden.

Under den lille Ordvexel mellem Gabriele og Johannes var der faret et Udtryk af Forundring hen over Præstens Ansigt, og han saa skarpt paa hende, somom han for en Sikkerheds Skyld tog Maal af hende en Gang til. Men idet han nu lod det løbe ud i Spøg og glattede Samtalen ud, mens han ordnede de Aviser, han skulde have paa Sengen, var der ingen uden Fru Jürges, som mærkede nogen Forandring ved ham. Men hendes Øre var gjennem et langt Samliv blevet saa fint for hver Skygge i hans Stemme, at hun fór sammen og saa ængsteligt fra den ene til den anden; — selve Samtalen havde hun ikke hørt efter.

Johannes derimod var sjæleglad over, at de slap saa godt over dette farlige Punkt; men han besluttede alligevel imorgen at bede Gabriele være lidt mere forsigtig og hensynsfuld.

Saaledes fulgtes de alle fire opad den brede Trappe, sagde godnat til Johannes ved hans Dør og til Gabriele ved Bispekammeret, og de Gamle gik videre henover den lange Gang til sit Soveværelse, — Fruen foran med Lyset og Præsten bagefter med Piben og Aviserne. Lysskjæret faldt paa Sneen udenfor paa Vinduskarmen og gjorde en vandrende gul Plet paa Sneen i Gaarden, eftersom de gik forbi et Vindu.

Det var allerede saa langt paa Aaret, at Natten ikke længer, var vintermørk; men Maanen var ikke kommen opover Fjeldene, og tykke Skyer samlede sig i Øst, saa at Sneen lyste ganske svagt mod de store Skove omkring Præstegaardens Marker.

Vinden kom fugtig og vaskold ned fra de øde Sneheier og luskede langs Præstegaardens Vægge, strøg sig fort om Hjørnet og døde hen; men reiste sig igjen med et lumsk Kast, fór tversover Gaarden og ind i det gamle Hus, der fyldtes med Suk og hemmelighedsfuld Raslen i tørt Straa — som af

Spøgelser, der trak Slæbet efter sig i Angst. —

VIII

Det var ligesom ingen rigtig Paaskemorgen, de vaagnede til.

Himmelen laa mørk og lavt nede paa Fjeldene; og Vinden drev endnu sin uhyggelige Leg med pludselige Kast og lange sugende Drag, der kom og sled sig forbi og lod en øde Fornemmelse bag sig.

Det passede ikke — Opstandelsens glade Budskab til Naturens skjælvende Angst foran Vaaren, som skulde fødes; og uden at de vidste, hvad det var, kom Almuen sigende ud af Kirken — mere tom og forknyt end nogensinde. Ogsaa Gabriele var i en uvant nedtrykt Stemning; men hun troede selv, at det kom af Prækenen.

Hendes tilkommende Svigerfader havde talt til h e n d e ; saa tydeligt havde det været, at hun næsten generede sig overfor Menigheden. Det var — havde han sagt — fremfor alt foran Opstandelsens Under, at den Kristne kunde iagttage og maale Vantroens Hovmod og onde Vilje. De klyngede sig jagede af den onde Samvittighed til usle Menneskepaafund, som de kaldte Videnskab; fordi de ikke v i l d e bøie de stive Halse, fordi de vilde have Fred for dette Guddommelige, der udstraalede fra Graven hin Paaskemorgen — Fred og Mørke til at søle sig i utøilede Drifter, Sansernes vilde Orgie og alt det andet, som hun nok vidste, der endnu blev sagt og skrevet hist og her. Men hun havde ikke hørt det paa længe, og det gjorde hende saa ondt at høre det her og idag.

Paa denne Maade kunde de jo ikke mødes idet Fællesskab, som den fælles Kjærlighed til Johannes ellers vilde gjort naturligt. Thi hun var ingenlunde tilsinds at lade dette sidde paa sig, at hun af Hovmod og ond Vilje ikke var en Troende. Ingen skulde have Ret til at sige dette til hende — eller til nogen. Og naar den Mand, som hun skulde komme saa nær, naar han kunde begynde med dette, saa var det ligesaa godt, at hun strax forklarede ham, hvor lidet hun for sin Part vilde taale en saadan Dom.

Desto fastere vilde hun holde paa sin Johannes; thi det vidste hun fra ham selv, at de unge Theologer havde lært at smile lidt over Fædrenes Tordentaler; og det var i en helt anden Tone og med ganske andre Midler, at Johannes pleiede at bekjæmpe religiøse Modstandere. Desuden var hun overbevist om, at han var en altfor retskaffen Karakter til en saadan Ondskab.

Gabriele fik imidlertid ikke Anledning til at tale med ham strax, da hun blev forestillet for Fogdens Damer paa Tunet udenfor Kirken. Præsten skulde imorgen præke i Annexet paa den anden Side af Elven; og de blev derfor indbudne til at spise Middag hos Fogdens. Men Gabriele saa, — og det gjorde et pinligt Indtryk paa hende, at Johannes stod tilsyneladende fuldstændigt enig og hørte paa Fru Fogdinden, der udbredte sig over den deilige og kraftige Præken, — rigtig et Ord i rette Tid! — sagde hun.

Fogden var ogsaa traadt til — hilste og gratulerede — buldrende og spøgefuld som han var; og da hans Frue prøvede at lægge en Dæmper paa ham ved at tale om det tunge Veir, forsikrede han høit og ufortrødent, at hans Barometer Fanden tude mig ikke havde staaet saa lavt siden Stormen den 15de Januar.

Da de var færdige med Fogdens, skulde Johannes og Gabriele efter Aftale gjøre Visit hos gamle Lensmand Olsen; men hellerikke paa Veien fik Gabriele talt med sin Forlovede, fordi de var i Følge med Lensmandens to Døtre: — den Gamle selv sad hjemme i sin Stol og kom aldrig mere ud, saalænge der laa Sne.

Johannes gik og talte med de to unge Piger; og Gabriele forundrede sig over, hvor græsseligt kjedsommeligt det var — det, de sagde. Der var ogsaa noget fremmed i Johannes's Tone — en tør, lidt beskyttende Overlegenhed, som hun ikke kjendtes ved; — og de to Damer, — som forresten var mindst lige saa gamle som hun selv —, de gik og mumlede nogle korte ærbødige Svar uden at se op fra Snekanten ved Veien.

Alt gjorde hende mere forstemt. Og da de vare komne det lille Stykke Vei gjennem Skoven, forekom Lensmandsgaarden hende saa trist indunder det mørke skovgroede Fjeld — i den tunge, sukkende Tøveirsvind, at hun gjerne kunde sat sig til at græde i Sneen.

Idet de gik ind i Gaarden, som var fuld af uryddig Sne, Kvister og Vedlæs, vendte Johannes sig til hende og hviskede: „Ser du nu Forskjellen mellem hjemme og her? — synes du endnu her ser hyggeligt ud?"

Dette irriterede hende ogsaa — i den Stemning, hun var i; denne hans firkantede Tilfredshed med alt sit eget begyndte at prikke i hende; og da hun kom ind i Lensmandens Stue, var hun i et rigtigt Krigshumør.

Men han afvæbnede hende strax — den gamle Lensmand i Stolen. Saasnart han forstod, hvem det var, lagde han sine store Hænder paa Stolearmen, og før nogen vidste Ord af det, stod han opreist paa sine daarlige Ben og bukkede ærbødigt for Gabriele.

„Nu blev mit Hus velsignet," sagde den gamle Kavaler; „naar Ungdom og Skjønhed værdiges at besøge Alderdom og — og — og Podagra for Fanden!" —sagde han tilslut og lo; „det duer ikke at være høitravende for gamle Bamser. Værsaagod sid ned — Frøken! — jeg er stolt over at kunne byde en Datter af Jørgen Pram velkommen i mit Hns."

„De kjender Far"" — raabte Gabriele og blev ganske varm om Hjertet.

„Aa ja! — vi har handlet Skov sammen — baade med Deres Farfar og med Deres Hr. Far — Marie! tag mig Skrinet i Chatollet! — saa skal De se — Frøken!" — og efter at have vexlet et hurtigt Haandslag med Kandidaten, satte de to — Lensmanden og Gabriele — sig til at studere gamle Kjøbekontrakter og Breve fra Huset Pram. Og Gabriele glemte ganske sin Misstemning over denne muntre gamle Mand, som kunde saa mange Historier om hendes, og som øiensynligt var saa lykkelig over at fængsle hende et Øieblik ved sin Sygestol.

Gamle Olsen var ogsaa meget lykkelig. Hans gamle Kjenderøine frydede sig ved denne Dameskikkelse, hvis Skjønhed var saa ulig og langt anderledes fin end det, han havde seet i sine Dage; og det, at hun tilogmed bar dette store Pengenavn, der havde en Klang som en Guldøxe i Skovene, gjorde hans Henrykkelse fuldstændig.

Madame Olsen sad derimod forgjæves og gjorde Miner til sin Mand, mens hun og Døtrene underholdt Præstens Søn med det mest udsøgt kjedsommelige Bygdesnak. Hun forstod saa godt, at Kandidaten ikke ligte den lystige Maskepi mellem den Gamle og hans Kjæreste, og tilslut sagde hun: „Nei — nei — Olsen! — du faar huske, du er en gammel Knark; det gaar ikke an, du sidder og fjaser med Frøkna og fortæller a baade ligt og uligt."

Johannes syntes ogsaa meget snart, at Visiten var lang nok, og mente, de maatte hjemover til Middagen. Men Gabriele vilde, at Lensmanden skulde fortsætte, der de blev afbrudt, og fortælle, hvad de kaldte Fogden i Bygden.

Madamen raabte høit af Forargelse og saa paa Kandidaten. Johannes vendte sig utaalmodig og tog sin Hat; men Gabriele hviskede til Lensmanden:

„Sig det i en Fart."

„Vi kalder ham: Fanden tude mig," hviske Lensmanden tilbage; men idetsamme blev han saa lig Fogden i Stemmen, at Gabriele lo høit; og saaledes skiltes de meget fornøiede med hinanden, og Gabriele lovede at komme igjen snart.

Madame Olsen var noget aandsfraværende under Afskeden, fordi hun brændte efter at faa kaste sig over sin Mand for hans upassende Opførsel; og Johannes var stiv og kold.

Men saasnart de kom ud paa Veien, tog Gabriele hans Arm og trykkede sig ind til ham; for Vinden fik altmere Magt og feiede henover Markerne; mens store Klatter af Sne løsnede oppe i Træerne, faldt ned mellem Grenene, splittedes og fulgte Vinden som smaa hvide Skyer, der dalede raslende ned over de to unge, som hurtigt ilede ind i Skoven.

„Nei, for en morsom gammel Herre — den Lensmand!"

„Kjære! — finder du ham ikke snarere modbydelig?“

„Modbydelig! — langtfra! — det faldt mig ikke ind.“

„Nei det saa jeg til min Forbauselse; — du, som ellers er saa fin paa det.“

„Naa — du mener, at han er lidt grovkornet; men det klær ham; han er nu ialfald en ren Kavaler sammenlignet med Fogden.“

„Nei men Gabriele — det er virkelig en slem Vane, du har faaet til at dømme Folk i en Fart efter et Øiebliks Samvær. Fogden er en grundigt dannet Mand, en dygtig Jurist og —“

„Fanden tude mig,“ sagde Gabriele og lo.

„Fy! — at du vil tage saadan Snak i din Mund — Gabriele!“

„Aa, vær ikke ræd; det smitter ikke. Men jeg holder nu paa min Lensmand.“

„Ogsaa naar jeg siger dig, at han har været Menigheden til stor Forargelse ved sine — sine — ja rent ud sagt: ved sin Mangel paa Sædelighed.“

Gabriele lo: „Du behøver ikke at vride dig saa ynkeligt — Johannes! man kan meget godt se paa Lensmanden, at han har lidt af den Mangel.“

Johannes stansede og vendte sig helt om imod hende, og hans klare Øine saa fast og alvorligt ind i hendes.

„Kjæreste Gabriele! lad fare den Tone, jeg beder dig saa mindelig. Jeg ved jo nok, det er ikke din naturlige, — det er denne Omgang i Byen — dette Slæng —“

„Jeg skal sige dig oprigtigt — Johannes! — jeg trængte til lidt af den Tone. Jeg kom fra Kirken saa oprørt over din Fars Præken — saa trist og tung; og nu har denne gamle Synder kvikket mig op — ikke ved sin Syndefuldhed — det ved du godt, men ved at meddele mig noget af et menneskevenligt Sind, som hverken har forsomt eller fordømt Livet og dets Glæder; — og det gjorde mig godt, — det stemte mig forsonlig.“

„Hvad er det, du siger: forsonlig? — og oprørt? — var du oprørt over Fars Præken?“

„Ja, og det blev ikke bedre, da jeg saa dig tage imod Fru Fogdindens Lovtaler.“

„Men det var en udmærket Præken — jeg forsikrer dig, — en af Fars bedste.“

„Mener du det? — Johannes.“

„Det vil sige, lidt gammeldags var den jo, men —“

„Det var en meget slet Præken, Johannes! en ond og styg Præken! men lad os ikke tale mere om det nu; jeg bliver bare ivrig —“

„Jo, du maa sandelig forklare mig, hvad du mener.“

Gabriele trak sin Arm ud, og nu saa hun ham stivt i Øinene:

„Du ved meget godt, hvad jeg mener.“

„Nei — ja det vil sige, jeg kan tænke mig, at du synes, Far var noget haard mod den moderne Vantro — og — og"

„— og mod mig, sig det kun; ja, Johannes! — det burde han ikke gjort."

„Men kjære Gabriele!" sagde Johannes overbærende; „du har nogle ganske besynderlige Forestillinger om Præster; man mærker, du kjender dem hovedsageligt af at have hørt dem blive udskjældte paa Afstand. Du aner kun lidet, hvorledes en alvorlig Ordets Tjener, som arbeider i Frygt og Bæven —"

„Johannes! tør du se mig ind i Øinene og paastaa, at din Far ikke tænkte paa mig idag?"

„Jeg kan jo ikke paastaa noget om en andens lønlige Tanker —"

„Nei, jeg mener: tør du sige, at du selv ikke tror, din Far tænkte paa mig, talte saaledes netop af Hensyn til mig, for at ramme mig? — tør du det?"

„Ja isandhed! jeg tør!" — svarede Johannes, og hans Øine fastholdt hendes uden at vige.

„At en Præst, som har præket i tyve Aar, skulde henføres af Texten uden saadanne Bihensyn til en Tilhører, naar det ellers passer saa paafaldende? — vil du virkelig, at jeg skal tro det?"

„Ja du skal ikke blot tro det; men du skal ogsaa gjøre Far en Afbigt i dit Hjerte, fordi du har kunnet mistænke ham. Det er jo netop det herlige ved Guds Ord, naar det forkyndes med en aandelig Myndighed som Fars, at det finder Vei til hver enkelt, somom det var talt direkte til ham."

„Nei Johannes! det er noget Snak; thi blandt hele Almuen, som sad der, var der ikke en eneste, til hvem de kunde finde Vei de Ord om de videnskabelige Tvivl og alle de nyeste Tanker, han hentydede til; jeg ved ikke, om Fogden og hans Damer —"

„Du maa alligevel tillade mig," afbrød Johannes; „at holde fast ved Guds Ords Magt i en værdig Tjeners Mund; og det gjør mig ondt, at du kunde tro, min Far vilde benytte Prækestolen til en personlig Henvendelse, der kunde være dig pinlig — opnørende tror jeg, du kaldte det."

„Ja naar du er saa sikker paa det — Johannes! saa faar jeg vel give mig," sagde Gabriele; „jeg har kanske gjort din Far Uret. Men en Ting er sikker: en styg og hovmodig Præken var det!"

„Kjære Gabriele! — du forstaar ikke Far endnu; du har ligesom ikke endnu opfattet ham i hele hans Storhed. Det er naturligvis det forvirrende, at han lever her som en beskeden Præstemand blandt Bønder — han, som i Virkeligheden er en af Landets største Begavelser. Hver Gang jeg kommer hjem, overvælder han mig."

„Ja jeg kan mærke det," sagde Gabriele spøgende og de fortsatte Gangen sammen; „du er ikke blot overvældet; men du synes mig at voxe og laane

Myndighed bare af at være nær ham. Jeg tror næsten, jeg faar være ligesaa ydmyg som Frøknerne Olsen."

Det var dem begge velkomment, at de slap ud af denne Samtale; men de beholdt alligevel en uklar Fornemmelse af, at de ikke var rigtig færdige endnu.

Vinden havde øget paa til en liden Storm; og da de kom ud af Skoven, feiede Sneen ned af Kirketaget og hvirvlede henover Kirkegaarden, som var lukket med Gitterport og forladt for idag; kun Sneen var nedtraadt af Mennesker og Heste, og Kirken laa gjenlukket med Lemmer for Ruderne.

Men da de holdende tæt sammen begyndte Veien over Markerne mod Præstegaarden, syntes Johannes det var hans Pligt at komme med det, han havde bestemt sig til at sige hende om Samtalen igaaraftes, — desuden maatte sligt forebygges for en anden Gang.

„Din — ja hvad skal jeg kalde det? — din mangelfulde Opfatning af Far, gjør ogsaa, at du forløber dig mod ham i Samtaler — som igaaraftes."

„Nei — hvad siger du — Johannes! — jeg syntes netop, jeg holdt mig saa ualmindelig from og medgjørlig."

„Da ved du vist ikke af, at du sagde, Far kom med Barnesnak?"

„Misericordia!" raabte Gabriele og lo; „sagde jeg virkelig det? — men jeg var saa træt, og det var ikke frit, han irriterede mig."

„Han var dig kanske en Smule overlegen — hvad?" spurgte Johannes og smilede.

„Svært," svarede Gabriele kampfærdig; „han mindede stærkt om de Præster, Fætter Jørgen kalder Kirkeblærer."

„Fy Gabriele! — at du vil citere din Fætter Jørgen! men du maa virkelig forsøge at sætte dig ind i, at Far er en overlegen Personlighed; allerede hans Kundskaber, saa ualmindeligt omfattende —"

„Aa — han ved jo bare ondt — om alt og alle; aldrig har jeg hørt saa meget ondt om Menneskene som den korte Stund igaaraftes."

„Fordi Far kjender den indre Hulhed i meget af det, du beundrer, og ser visse Personer i et andet Lys —"

„I et svovelgult — afskyeligt —"

Vinden blæste hendes Kjole om Benene paa ham, saa de maatte stanse; og atter var de hver paa sin Kant glade over Afbrydelsen. Der var noget iveien idag; de kunde ikke gjenfinde sin gode kammeratslige Tone, som ellers saa let bar dem over Meningsforskjel.

Johannes fik ikke Fred, førend han kunde faa hende til at anerkjende Faderen; og han undrede sig over, hvor meget mere end han troede, der alligevel hang ved hende af „Slænget".

Og Gabriele følte paa sin Side, at hendes lille Theolog groede hende over

Hovedet; og det gjorde hende dobbelt stridig overfor Faderen, som var Kilden til hans Styrke.

„Se Sneen fyger af Ljosetind! — vi faar Storm," sagde Johannes.

„Hu! — synes alt, vi har den," sagde Gabriele; „kom lad os skynde os i Hus."

IX

Til Middag var der et Par af Bygdens Folk, som havde lang Kirkevei; og Samtalen bestod derfor mest i at dække over Pauser med betimelige Spørgsmaal. Dette besørgede Præsten og Johannes, og Bønderne svarede kort og samtykkende.

Gabriele følte det trættende i disse Spørgsmaal, som slet ikke interesserede dem, der spurgte; og det vidste de, som svarede, meget godt; men begge Parter spillede denne Komedie i Følelsen af, at paa Bunden var de uenige om alt.

For at bringe lidt Liv i dette Dødbideri, prøvede Gabriele et Par Gange et muntert Ord og en liden Latter. Men det mislykkedes fuldstændigt. Johannes gjorde Grimacer til hende, og Bønderne lod velopdragent, somom de ikke bemærkede, at Kandidatens Forlovede var daarlig i Hovedet — hun var jo til Gjengjæld saa umaadelig rig —; men Præsten dækkede over og førte Samtalen i Sikkerhed bag Fattigkommissionen og andet alvorligt Bygdesnak.

Imidlertid holdt han Øie med sin tilkommende Svigerdatter paa en ganske anden Maade end igaar. Han var lige elskværdig og venlig — næsten kjærlig mod hende; men alligevel var der i den hurtige Vending af hans Blik, saasnart Gabriele aabnede Munden, noget spændt — en lille Smule Usikkerhed hos den sikre Mand.

Det var ogsaa saaledes. Daniel Jürges følte noget, som svagt mindede om hans første mislykkede Forsøg i Hovedstadens Avis. Ligesom dengang kom der en beskjæmmende Følelse over ham, at noget var voxet op i Verden, mens han var borte; — at der var en Tankegang, som gik — ikke blot vildfarende til andre Maal, men som fra først til sidst gik helt andre Veie uden Respekt — uden at bryde sig det ringeste om ham og hele den Kreds af Tanker og Grundsætninger, som han satte Pris paa og beherskede.

Og det var dog en ren Ubetydelighed, som havde skræmt ham saaledes op. Det var hellerikke selve Ordene, som igaaraftes vexledes mellem hende og Johannes om Barnet og Vaskevandet. Men det var denne Koldblodighed, hvormed hun til Slutning ligesom bagfra havde vældet hans sikre Stilling ved at stille det gamle Ordsprog paa Hovedet, — denne lune Maade, hvorpaa hun vippede ham uden engang at sige ham imod, men vendt mod Johannes, somom hun overfor sin Forlovede i al Gemytlighed gjorde sig lystig over et gammelt Vrøvl af en Præst fra Hovedstadens Avis.

Dette havde pint ham fra igaaraftes; og det havde lagt sig i hans Præken, som oprindelig ikke skulde være saa skarp; og det vedblev at nage ham som noget, der maatte afgjøres. Var det ingenting, maatte han have Vished; men skulde her være en Styrkeprøve, saa var han beredt og ikke tilsinds at vige. Pludseligt var han kommen til at tænke paa Johannes, — om han skulde være i Ledtog med hende? — ikke saa, at det faldt ham ind, at Johannes skulde dele hendes Anskuelser; men det kunde dog hænde — hvad har ikke Ungdom og Elskov udrettet! — det kunde jo tænkes, at hun lempeligt fik trukket lidt fra hist og her i Sønnens Beundring, fik ham med paa et lidet Smil af „den Gamle", — lokkede ham til at indrømme mere end det sømmede sig for en vordende Præst, — de var ikke saaledes grundfæstede de unge Theologer som i hans Tid.

Fra dette slog ned i ham, fik han ikke Fred, og strax efter Bordet, da de var blevet af med Gjæsterne, trak han Johannes med sig ind i Kontoret; han vilde have Vished strax.

„Sæt dig — Gutten min! vi har jo ikke talt et alvorligt Ord sammen, siden du kom hjem. Denne Kjærligheden tager dig ganske fra mig — hvad?"

„O Far! hvor kan du tænke! — naar jeg sidder her igjen i det kjære Kontor, hvor jeg kan huske dig fra Barndommen siddende der i Stolen som Midtpunkt for alle mine Tanker, — som den, hvis Øie fulgte mig og hvis Bifald var mit Maal, — o da føler jeg med Skam, hvormeget jeg endnu har at afbede for denne Vinter, hvor jeg har været saa stærkt opfyldt af andet — og af en anden."

„Det maa vi finde os i — vi gamle; Ungdom slutter sig til Ungdom; og med Kjærlighed flytter Beundringen; — vi maa være glade, om vi sidder igjen med Agtelsen."

„Jeg ved, hvorfor du taler saaledes til mig — Far! og jeg fortjener det maaske; jeg burde strax talt Gabriele tilrette igaar, da hun saa beklageligt forglemte den Agtelse, hun skylder —"

„Naa — naa! — jeg mente jo ikke saa meget en enkelt Ting;— det var mere en almindelig Betragtning —"

„Jeg ved nok, ingen kan være mindre nøieregnende end du i slige Ting — kjære Far! men netop derfor skulde vi andre passe saa meget desto bedre paa. Men tilgiv! — da du saa mageløst elskværdigt slog det hen i Spøg —"

„Det var jo kun et forfløient Ord —"

„Jeg burde dog taget det anderledes — og strax; men jeg var feig — desværre! — først idag har jeg faaet sagt Gabriele, hvor galt hun bar sig ad."

„Du har talt til hende om det?" — spurgte Præsten hurtigt.

„Naturligvis! — jeg har talt alvorligt med hende," svarede Johannes med en streng Mine.

Præsten vendte sig mod Vinduet, blæste Røgen tyk og langsomt fra sig og følte sit Sind lettet for en pinlig Ængstelse.

Ude i Gaarden fór Stormen voldsomt hen over Sneen, som laa fugtig og sammenkladdet, saa at intet fulgte med, uden hvad der løsnede i Tagrender og paa Gjærderne. Det gamle Hus var krøbet sammen under Sneen og laa ligesom og trykkede, hvergang Vindkastene fór lige mod de skrøbelige Vægge.

Daniel Jürges tænkte ikke paa alt sit Hø, som han iaar havde forvaret i det gamle Hus, paa det at det kunde være vitterligt for hele Bygden, at Præstegaarden nødvendigvis behøvede dette Hus. Men han tænkte derimod paa Guds Godhed, som havde ladet ham beholde sin Søns fulde Hengivenhed. Og da han saaledes i dette var bleven beroliget, vendte han sig med mere Fortrøstning til det næste.

„Og hvorledes tog hun det?" spurgte han og saa paa sin Søn.

„Ja Gabriele er jo saa ærlig — igrunden et saa prægtigt Menneske! — hun sagde — og jeg er ganske vis paa, at det er sandt — hun sagde, hun vidste ikke af, at hun havde forløbet sig."

„Saa—aa!" sagde Faderen og kneb Øinene lidt sammen; — „et forkjælet Barn fra et rigt Hus, — ukjendt med den Tugt, som findes i et kristeligt Hjem. — Din Forlovede har meget at lære — Johannes!"

„Ak ja — Far! og det er du, som maa være Læremesteren; mit Haab staar først og fremst til dig. Hun er igrunden saa aaben og bundærlig —"

„Aaben — siger du og ærlig — bundærlig! Der gives ganske vist en Aabenhjertethed, som følger med en klar og retskaffen Karakter. Men naar vi ser nøiere efter, finder vi, at der er mange Arter af Aabenhed." — Præsten tog smilende en Pakke Aviser paa Bordet og fortsatte: „Ligefra Bismarcks brutale Aabenhed, som har sit gode Rygstød i en solid Magtstilling, og nedover forbi smaa politiske Bygdetyranner helt ned til Halvdannelsen, som efter at have slugt totre af de mest moderne Sandheder raa, optræder med al ønskelig Aabenhed og bekjender sin ærlige Foragt for det, den ikke forstaar — ja jeg mener naturligvis ikke, at noget af dette passer paa din Kjæreste; men det skulde undre mig, om du ikke selv, naar du tænker efter, kommer til den Slutning, at noget af denne Ærlighed, du beundrer hos hende, muligens — for en Del kan have sin mindre rene Kilde i den absolute Frihed for enhver Hensyntagen, hvori Frøken Pram øiensynlig er opdraget?"

„Naar du fremstiller det saaledes — Far, saa kan jeg jo ikke nægte, at hendes nærmeste Omgang —"

„Ja hendes Omgang! — saaledes som du skildrer mig den i dit Brev, den maa jo netop have opelsket denne Form af Aabenhed; men den er farlig; thi den ligger lige paa Randen af Dømmesyge og Selvforgudelse."

Johannes begyndte at blive urolig; han troede ikke, at Gabriele havde gjort et s a a slet Indtryk; han ventede, til et heftigt Kast af Vinden var faret om Hjørnet, og sagde derpaa stille og i en Tone, som naar han holdt Bøn:

„Jeg har inderlig bedet Gud baade om Visdom og Sagtmodighed til at lede denne unge Kvinde; og jeg har ment, at naar hun saa og mødte den ægte kristelige Overbærenhed, som ikke bliver træt —"

„Naturligvis! vi ville møde og modtage hende med al Kjærlighed; og det har vi ogsaa gjort — ikke sandt? — baade Mor og jeg?"

„Jo Kjære! misforstaa mig ikke, somom der var Skygge af Beklagelse i mine Ord. Men det gjør mig bare saa ondt, naar jeg nu synes at — høre i dine Ord og i din Stemme et Mishag — en Misstemning mod hende, som det var mit inderligste Ønske skulde være dig en kjær Datter."

„Det skal hun med Guds Hjælp ogsaa blive," svarede Præsten og reiste sig, for at stoppe sin Pibe. Han gik rundt Bordet til Johannes, hvor Kontortobakken stod, og sagde alvorligt og stille: „Her sidder vi nu — min kjære Johannes! — ikke blot Fader og Søn, men og som to Medarbeidere i Herrens Vingaard; lad os da i Ydmyghed og under Bøn betænke, hvorledes just det Stykke Arbeide, vi nu staa foran, retteligen bør udføres — os alle til Gavn og til Guds Riges Ære."

„Amen" — sagde Johannes og blev siddende taus og tankefuld, mens Faderen stellede med Piben.

Mens Stormen øgte udover Eftermiddagen, trak mørke, blaagraa Skyer sammen i Øst og Syd; og det lagede sig til et rigtigt Uveir. Men i Kontoret blev der lunt, mens Mørket af Veiret og den svindende Dag gjorde Bøger og Møbler utydelige og trak Øinene mod den røde Stribe fra Ovnen, som flakkede henad Gulvtæppet. Saaledes sad de en Stund, idet Præsten blæste de første Skyer af Piben; Johannes havde sat sin Cigar paa Spidsen af Pennekniven og trak smaa korte Drag.

„Overbærenhed — siger du! — javist ville vi være overbærende" — saaledes begyndte Præsten —, „det vil vi saa gjerne for vor egen Skyld, fordi vi derved fyldestgjør en kristelig Trang til at tilgive og tage alting op i den bedste Mening. Men vi skylde ogsaa at tage Hensyn til den Person, vi har for os; og vi tør ikke for vor Samvittighed — hvormeget vort Hjerte end kunde være tilbøieligt til det — vise en Overbærenhed, om hvilken den indre Stemme siger os, at den vil være til Skade og ikke til Gavn. Der findes — ikke sandt, Johannes? — vi møder ofte Tilfælde, hvor Overbærenheden er et Smuthul for vor Pligtfølelse, og vi bør vogte nøie paa os selv.“

„Det er sandt nok,“ svarede Johannes, som atter blev urolig; „men naar jeg ret betænker Gabrieles Natur og Udvikling, saaledes som jeg nu kjender hende, og jeg tør sige mit Kjendskab til hende —“

„Nu tør jeg nok sige, at jeg kjender hende,“ sagde Præsten næsten strængt; „og min Mening er den, at skal Strømmen bøies og vendes, maa en stærk og fast Dæmning sættes jo før jo heller. Er det endnu ikke afgjort mellem Eder, at du vil blive Præst?“

„Men Far! — du vil da vel ikke nu — saadan pludselig —? — du var af en anden Mening i dit Brev —?“

„Jeg har forandret Mening. Det er altsaa ikke afgjort?— nuvel! saa maa det slaaes fast heller i Dag end i Morgen.“

Johannes sprang op: „Jeg beder dig — Far! driv ikke for stærkt paa. Gabriele er uberegnelig og ikke let at lede; og husk, hvor uvant hun endnu er til at bøie sig. Hendes Anskuelser ere for stærkt udprægede til saaledes med et Slag at forandres; og der vil — efter mit Skjøn — vindes ulige mere ved at overse eller ialfald foreløbig lade upaaagtet, hvad hun saaledes — tildels meget ungdommeligt — kommer frem med.“

„Det beror ganske paa, i hvilken Grad man selv føler Sympathi med disse Anskuelser,“ svarede Præsten kort og saa ud i Gaarden.

„Men Far! — du kan dog ikke tro, — du kan da ikke tvivle et Øieblik om mig?“

„Ny Tid, nye Mennesker; og du er ung, — ung og nyt, det passer sammen.“

„O hvorfor vil du krænke mig saaledes?“ raabte Johannes bedrøvet; „tror du, jeg var istand til at svigte —“

„Svigte er ikke Ordet — ikke Tidens Ord; men Ordet for Tidens Aand er at gaa paa Akkord, at slaa af paa begge Sider. Men der er et andet Ord — min Søn! — og vi gamle faar ofte Lyst til at minde Jer om det — I unge Theologer! — husk der staar skrevet: den, som ikke er m e d mig, er m o d mig! Det kan se smukt ud, være humant — tidsmæssigt — hvad du vil for mig — dette med Sympathi og Forstaaelse, men kristeligt — kristeligt talt — anstændigt for en Jesu Efterfølger! — nei og atter nei og i al Evighed nei!“

Han havde atter grebet Avispakken og slog med den i Bordet, mens hans Nidkjærhed blussede op i ham som et Vindkast, og Johannes stod foran ham og skalv i Knæerne.

„O tal ikke saa! — tvivl ikke om mig! er der Vankelmodighed i mit Sind, saa støt mig, led mig — du, som er stærk; gaa foran, jeg følger dig; som du vil, saaledes skal det være.“

Faderen strøg sig over Panden og sagde igjen med sin dybe rolige Stemme: „Jeg tvivler ikke paa dig — min Johannes! men jeg kjender Tiden og dens Brøst. Med Guds Hjælp er der ingen Skade skeet; men nu er du gjort opmærksom. Husk: den Ondes Lister mangfoldig; han begyndte med at lægge sit onde Raad paa den unge Kvindes fristende Læber; — han har ikke glemt sine Kunster den Dag idag."

Johannes gik hen og satte sig igjen — endnu næsten skjælvende. Saa stærk og ihærdig han var, saa fandtes der dog noget, som kunde knuge ham sammen og trykke ham iknæ, og det var Tanken om at blive sat udenfor Kredsen, ikke længer faa være med i Ringen af de Udvalgte, hvilke i Kraft af Sandheden, som de eide havde Ret paa Jorden og bagefter Ret til Himmelen efter Guds naadige Vilje: — at han — og det af selve Faderen — et Øieblik kunde mistænkes for at holde sig med de Vantros Skare, det aabnede for ham en saadan Skræk, at Gabriele næsten syntes ham en farlig Fristelse.

Hans store Seier blev ham for første Gang formørket; og han sad ængstelig og overveiede, hvorledes dette skulde gaa.

Om han selv — delt mellem sin Kjærlighed og sin Fremtid paa den ene Side og sin Fader og — og sin Fremtid, thi Fremtiden var igrunden ogsaa paa den anden Side, — om han saaledes midt imellem begge skulde nødes at slippe med den ene Haand? — og da med hvilken? —

Men i Faderen gik endnu Bølger efter de heftige Ord; og hun voxede for hans Tanker — denne unge Pige, somom hun var kommen — udsendt af selve den onde Tid, for at prøve Styrke med ham; og han følte glad og taknemmelig, hvorledes Ordene allerede lagde sig tilrette for ham — Sandhedens Ord — Guds evige uforanderlige Sandhed.

„Spiller hun?" spurgte Præsten lidt efter, da de hørte Musik fra Stuen.

„Gabriele spiller aldeles udmærket," svarede Johannes glad.

Men Faderen sagde bare: „Saa vil hun snart spille sig ind i din Moders Hjerte."

Der var nu næsten noget fiendtligt i Tonen; og Præsten mærkede det selv; derfor sagde han paa sin hjertelige varme Maade: „Tro nu endelig ikke — min kjære Johannes, at jeg har noget imod din Gabriele; det er jo bare en Overgang; indtil vi kommer paa det rene med hinanden; det maa til, og du vil selv takke mig, naar det er overstaaet."

Johannes svarede ikke; men fortsatte sine Tanker, som urolige begyndte her og der og filtrede sig sammen til Raadløshed; medens Vinden buldrede gjennem Huset og førte med sig de spinkle Toner fra det gamle Klaver. —

— Efter Middagen, da Gjæsterne reiste, og Herrerne forsvandt i Kontoret, havde Gabriele seet sig omkring i de to Stuer, som brugtes til dagligt. Hun prøvede halvt ubevidst at flytte paa en Stol hist og her, for at faa det mere efter sin Smag; men hun indsaa snart, at det maatte være som det var. De tunge, solide Møbler maatte staa netop saaledes — tørt og langs Væggene —, forat alt kunde være paa sin faste Plads og Stuen iorden og firkantet. Alligevel var der lunt og koseligt, Gulvtæpperne laa endnu inde; og Gabriele kunde forstaa, hvorledes den, som var født og vant til dette uforstyrrelige Velbehag, kunde føle Længsel fra en Verden, som lidet Hensyn tar, tilbage til en Krog saa trofast afstængt som denne.

Der hang et stort Billede af Stiftsprovst Jürges med store Ordenstegn paa Samarien, flere Fotografier af Daniel Jürges i forskjellige Aldere, gamle Daguerreotypier, og Morten Luther, — Gabriele gabede.

Fru Jürges vippede ind og ud, saalænge der blev taget af Bordet; men da der ikke var mere at gjøre, og da hun havde en frygteligt ond Samvittighed, fordi den nye Svigerdatter saa lidet behagede hende, tvang hun sig selv til at tage Plads i Sofahjørnet, medens Gabriele sad i Gyngestolen og ærgrede sig saa smaat over Johannes, som var forsvunden.

Fru Jürges maatte — syntes hun — føre en Samtale, og der var ingenting, hun mindre duede til; dobbelt haandfalden følte hun sig uden Strikketøi, fordi det var Helligdag.

„Hvor gammel er d — d-"

„Kjære — sig du til mig," bad Gabriele; „jeg vilde saa gjerne, De skulde synes om mig; — min Mor har fortalt mig saa meget om Dem fra Deres Ungdom. — Jeg er forresten fireogtyve Aar."

„Han er syvogtyve — jeg mener Johannes — han er syvogtyve Aar."

„Det passer jo godt," sagde Gabriele og lo.

„Ja," svarede Fru Jürges, og der blev en lang Pause.

„Synes d— du ikke, der var pent i Kirken?"

„Nei — jeg syntes der var fælt, — rigtig en af de styggeste Kirker, jeg har seet," svarede Gabriele; „eller synes De, det er vakkert med de hvidkalkede Vægge og de knaldende blaa Bjælker?"

„Nei—ja jeg ved ikke; den er nylig pudset op, og Daniel siger, den er meget lysere end før."

Gabriele taug og tænkte, at dette gik galt. Og der var dog noget i den gode Dames Ansigt, som paa en besynderlig Maade trak hende til sig — et Udtryk, som stundom kunde komme i Johannes's Ansigt, og som hun holdt saa meget af.

Hun vidste godt, at Fru Jürges havde spillet, og hun havde fra Barndommen hørt de Legender, der gik om hendes Spil, om Ole Bull, som havde bandet paa, at hun skulde til Liszt, og om den eiendommelige Ynde, der havde været over hendes Skikkelse.

Men hendes Moder havde ogsaa forklaret hende, hvor Fru Jürges var bleven forandret og alvorlig; og Gabriele havde høitideligt maattet love hverken at spille eller tale om Musik.

Men det brød hun sig ikke det mindste om, som hun sad der og følte, at alt, hvad hun sagde og gjorde, bare fjernede hende mer og mer fra denne Kvinde, som var Johannes's Moder, og hvis Sjæl hun ligesom anede naar de store Øine saa paa hende som op fra en stor Dybde. Hun maatte prøve Musiken.

„Spiller De aldrig mere — Frue!"

„Aa jo — af og til."

„De spiller!" raabte Gabriele glad; — „og jeg som havde hørt — det vil sige, jeg troede, at De aldrig mere spillede. Men hvor er Deres Noder? — jeg har ingen seet."

„Jeg spiller ikke længer efter Noder," svarede Fru Jürges og blev rød som en liden Pige.

„Jeg beder omforladelse," sagde Gabriele oprigtigt; „jeg ved jo, De behøver ikke Noder, som vi andre Stympere. Men jeg mente bare, for at følge med, maatte her ophobe sig en Masse Noder —"

„Nei De misforstaar; jeg spiller bare for Børnene og for Daniel — for Jürges."

„Kun Deres gamle Repertoire? — er De bleven staaende ved de Ting, De spillede i Deres —"

Fru Jürges gjorde en liden forvirret Bevægelse med Hænderne og afbrød Gabrieles Spørgsmaal: „Jeg spiller mest saadanne Sange og Melodier, som Daniel synes om —"

„Sange og Melodier! min Gud!" —raabte Gabriele; „og De — De, som alle siger, var Musik helt igjennem, — De hverken spiller eller hører nogen Ting? — aldrig ordentlig Musik? — men hvor kan De dog holde det ud?"

„Det gaar ikke an for Menigheden — ialfald tror jeg ikke, det gik an der nordpaa, hvor vi var saa længe, at der spilles andre Ting i Præstegaarden; og desuden havde vi det saaledes der, at Dagligstuen laa lige ved Kontoret, saa jeg kunde ikke øve mig; og saa — da vi kom hertil — ja saa ved jeg ikke rigtig — saa —" hun stansede ganske hjælpeløs og saa paa Gabriele, somom hun vilde undskylde sig og formilde en stræng Dommer.

Og saaledes syntes ogsaa den unge Dame at opfatte det; thi hun sagde alvorligt og næsten strængt: „Tror De, det er Ret saaledes at forsømme sig selv? Tilgiv mig, jeg ved, det ansees ikke for passende at tale som jeg, men det oprører mig, det oprører mig, — jeg kan ikke hjælpe det. — Er De vred, fordi jeg siger det?"

„O nei — Kjære! — jeg er ikke vred, — o nei! — jeg er vist ikke vred; —

du har kanske Ret — jeg ved ikke —"

Hun taug og sad nervøst og pillede med sine ledige Fingre i Fryndserne paa Bordtæppet. Og Fru Jürges følte, at det kun havde været en altfor rigtig Forudfølelse, som lige fra det første havde holdt hende tilbage fra denne unge Pige. Det var netop al den Tyngsel, alt det uforstaaede Nag, som altid hang over hende, som skar sig frem i Gabrieles Ord og skræmte hende længer og længer bort.

Men Gabriele sad paa sin Side og tænkte, at dette gik galere og galere. Og paa samme Tid følte hun den mest brændende Lyst til at springe op og kaste sig om Halsen paa sin stakkels nye Moder. Men hun var bange, det vilde være at skræmme Sjælen ganske ud af Livet paa den lille blege Skikkelse, der sad indeklemt i Sofaen, somom hun helst vilde krybe i et Hul.

„Skal jeg spille for Dem?" sagde Gabriele pludseligt og strøg af sig sine Armringe.

Fru Jürges fór iveiret og fulgte efter ind i den anden Stue, hvor Instrumentet stod.

„Er det laaset? — jeg kan ikke faa det op —" sagde Gabriele.

„Det blev vist laaset, da Stemmeren var her."

„Hvor er Nøglen!"

„Jeg tror — jeg ved ikke rigtig —"

Gabriele begyndte at lede i nogle tomme Blomsterglas og mellem andre Smaating paa Etagèren.

„Aa — Frue! ved De ikke, hvor Nøglen er! nu fik jeg saadan Lyst til at spille; — det ser saa morsomt ud — det gamle Klaver."

„Jeg tror, — det kan hænde; — jeg skal se om den ligger i Sybordet."

Nøglen laa velforvaret i et Rum i Fruens Sybord; og Gabriele forstod meget godt, at den var gjemt der; men hun greb den triumferende; thi nu havde hun sat sig i Hovedet, at hun v i l d e spille. Det var det sidste Forsøg. Kunde noget frit menneskeligt endnu finde Vei gjennem al denne Ængstelse, saa maatte det være Musik.

Fru Jürges trippede urolig bagefter og vred sine blege Hænder om hinanden, foldede de lange Fingre sammen, løste dem igjen og kunde ikke holde dem i Ro.

Da Gabriele aabnede, blev hun staaende — forunderligt greben af den gamle Duft, som steg op, og af det fine, gammeldagse Udstyr, de spinkle Tangenter, hvis Elfenben var gulnet ligesom Pladen, hvor Erard stod i et Mylder af sirlige Snirkler og Sving. Hun slog nogle Akkorder an og vendte sig smilende: „Jeg synes ikke, Menigheden kunde skræmmes ved denne Klang" —

66

Derpaa gjorde hun Løb op og ned og undrede sig over Lyden — saa spæd, imod hvad hun var vant til, men saa ren og troskyldig.

Fru Jürges stod lige bag hende og vred sine lange Hænder, mens hun iagttog disse fremmede Fingre, som løb op og ned paa den kjendte Vei, hvor Tonerne laa gjemte under det gulnede Elfenben.

Da Gabriele ikke fik noget Svar paa sine Bemærkninger, men kjendte, at Fruen stod lige bagved, gav hun sig til at spille, hvad der faldt hende ind. Hun spillede godt og ordentligt, men havde aldrig drevet det vidt i den finere Udførelse. Men hun var selv saa musikalsk, at hun altid var vel værd at høre spille.

Og idag orde hun sig Flid uden at genere sig. Thi hun vidste, at den, hun spillede for, meget snart vilde se hendes Begrænsning; og da hun saaledes ingen Fordringer gjorde for sin egen Part, vilde hun heller spille, hvad hun kunde af gammelt og nyt, for dog tilslut ved Toner, hun selv elskede og forstod, at trænge igjennem og forstaaes af denne Kvinde, som hun saa gjerne vilde komme til at elske.

Og derfor spillede hun snart et Stykke omigjen, snart videre den Række af Nummere, som hun ellers kunde være saa kjed af mangengang; men som her fik baade ny Lyd i den gamle Strengeklang og ny Mening, fordi disse Toner skulde sendes saa langt afsted og gjenfinde en, som var bleven tilbage. Og dette greb Gabriele altmere, mens hun spillede, og gjorde Stemningen saa varm og Anslaget saa fint, at hun selv begyndte at lytte, glemte Stormen, som buldrede udenfor, og kun tænkte paa hende, som hun vilde spille sig ind i.

Men i h e n d e var der en Kamp — en Uvilje, som fortvivlet vægrede sig mod at slippe den opdæmmede Tvang løs; men det kunde ikke nytte — hun følte det selv; og medens Tonerne behændigt slyngede sig under de sikre Hænder, sank Fru Jürges ned i en Stol, gav sine Hænder Hvile og lod Musiken risle sig fra Nakken ned igjennem hele Legemet — som en Angst — som en Vellyst — som en opgivet Synken nedigjennem Luften — somom hun drak med hver Fiber og Trevl dette tonende Væld, som var hende Livets Vand; — saa længe — o hvor længe hun havde tørstet!

Og efter det første skjælvende Gjennembrud kom Nydelsens Ro efterhaanden, og først og fremst en ubegrænset Beundring over dette Spil, der forekom hende aldeles mesterligt. Det faldt hende ikke ind, at hun selv nogensinde havde kunnet spille saaledes, og Gabriele, som allerede var saa overlegen, blev næsten overnaturlig.

Men mer end Spillet og Klangen begyndte det at gribe hende dybest inde, hvad det var, som talte til hende fra denne Musik saa ny og fremmed — saa paatrængende sikker, naar den borede sig indi hendes lønligste Tanker.

Thi hun opdagede snart, at det, som fra først af stødte hende, at der spilledes ligesom paa den yderste Rand af Tonarten, det var ingen Usikkerhed, og der kom ingen Feil, og Motivet løb lige rent og klart frem igjen som et blinkende Jern henover Isen. Denne Musik færdedes ligesom paa klare Buer spændte over alt det, hun kjendte, uden at flyde i de gamle Strømme og uden at falde ned. Og da hun havde gjort sit Øre fortroligt med denne sære Dristighed, der syntes saa trodsig og ubekymret som en Spot og en ondskabsfuld Leg, begyndte Billeder at forme sig for hendes lukkede Øine saaledes som i Ungdommen — og som de endnu kunde glide uklare forbi hende i vaagne Nætter — nynnende omigjen og omigjen et gammelt Motiv.

Der kom noget kjendt strømmende til hende fra hendes eget Klaver, der klang saa frit og freidigt gjennem Foraarsstormen, som ruskede ude i Haven og lod lange Grene af Slyngrosen banke hemmelighedsfuldt paa Ruden.

Det var hendes lykkelige Pigedrømme, som kom, — fra hin Tid, da Livet var digtet om til lykkelige Drømme for unge Piger; hvis Musik var fuld af Nattergale og Valdhorn, der i lange Toner løftede Taageslør foran Oberon, naar han gled gjennem Lundene som en længselsfuld Melodi, forsvandt og løste sig i blide Harmonier, dukkede frem igjen og susede bort som Elskovens Suk i Skovens Kroner.

Under store Lindetræer, som blomstrede og duftede saaledes som Lindene duftede det Foraar, da hun indøvede Webers store Concert — der saa hun det Hus, hun havde drømt om saa tidt, at hun vidste, hvor Klaveret stod. Og udenfor under Hyldetræer i Maaneskin sad de to paa en Bænk, og Postvognen nærmede sig og kjørte videre, mens hun stod igjen og viftede med noget langt, som bølgede lysegraat med en lavendelblaa Skygge i Folderne. Naar Postvognen, som var gul, forsvandt i Skoven, hvor Veien bøiede — hun vidste, at den gik til Weimar — tog Postillonen Valdhornet og blæste de deilige Toner, som altid fyldte hende med lykkeligt Vemod; — han tog Hornet og blæste —

Men der kom ingen Lyd, og Gabriele vendte sig om:

„Nei undskyld! det var ikke Meningen at vove mig paa Deres berømte Yndlingsnummer. Jeg tror, det var den yndige Klang i Pianoet, der lokkede mig ind i Webers Concert."

Fru Jürges smilede svagt, men aabnede ikke Øinene; og Gabriele forstod at hun endelig havde fundet Veien, vendte sig stille mod Instrumentet og spillede videre.

Og den drømmende gamle Dame forblev i sit Maaneskin;
men Valdhornet blæste ikke de Toner, hun ventede. Der blev igjen en Uro,

en flygtende Hast i Billederne, somom Skoven blev tom uden Alfer og flagrende Gevandter. Og snart var der helleringen Skov; hun saa ingenting, men hun hørte nogen hviske, at Drømmene vare døde; men hun maatte ikke sige det til nogen.

Fru Jürges følte sit Hjerte sønderrives i disse dristige Toner, der trængte sig frem, for at fortælle hende, at Skoven var tom og Drømmen død. Hendes Væsens Inderste var voxet sammen med denne Musik, som nu uden Overgang og uden Forberedelse blev skaaret istykker af en ny, der kom i al sin Deilighed med blinkende Sværd som selve Fortvivlelsen.

Pludseligt følte Gabriele et Par kolde Hænder over sine; hun reiste sig forskrækket og saa den lille Fru Jürges i en Fart slaa Laaget igjen, laase og putte Nøglen i Lommen.

„Jeg ved, hvem det var, du spillede," sagde hun aandeløst og stirrede paa Gabriele; „lov mig, at du aldrig vil gjøre det mer — lov mig det."

Gabriele vidste ikke, hvad hun skulde gjøre; og stammede ganske forvirret: „Holder De ikke af den nyere Musik?"

„Nei — nei: — jeg taaler den ikke — jeg kan ikke taale den," svarede Fru Jürges og fór pludseligt ud i Kjøkkenet.

Gabriele stod et Øieblik — uhyggelig og fortumlet. Derpaa skyndte hun sig op paa sit Værelse — opad Trappen, over Gangen, hvor Stormen buldrede, og da hun havde laaset Døren, sank hun ned i Bispens bløde Stol og brast i Graad.

X

Da det blev mørkt og Lampen var tændt i Dagligstuen, kom Præsten ind fra Kontoret med Aviserne. Johannes havde været oppe ved Gabrieles Dør; og hun raabte, at hun vilde komme ned strax.

Fru Jürges løb endnu ind og ud, indtil Johannes i Spøg tvang hende ned i Sofaen; og der sad hun og saa fra den ene til den anden, mens de to læste Aviserne og af og til talte et Par Ord.

Fru Jürges lyttede til Stormen, som nu var voxet til et tungt, jævnt Drøn. Men mere spændt lyttede hun til de Toner, som ingen anden kunde høre. Der summede en Musik i hendes Hoved paa Baggrund af Veiret udenfor, en Musik, som bævede i alle hendes Nerver og klemte hende for Brystet, somom hun hvert Øieblik ventede, at noget skrækkeligt skulde ske.

„Det er mærkeligt, hvilken Indflydelse Veiret har paa nervøse Mennesker som Mor," sagde Præsten halvveis til Johannes; „jeg kan formelig kjende her i Stolen, hvorledes det rykker i hende, hvergang Vinden tar et Tag. Det er meget ubehageligt; men jeg er vis paa, hun kan ikke hjælpe det."

„Stakkels Mor," sagde Johannes, „du er da ikke ræd, Taget skal fyge af? — kom, sæt dig hen til mig, her er saadan en lun Krog."

Fru Jürges flyttede sig ind til sin Søn, men kjendte ingen Beroligelse, thi hendes fine Øre havde ud af Daniels Ord lyttet sig til den spændte Stemning, som ogsaa var i ham — og i dem allesammen. Trykket af Uveiret forbandt sig med de stridende Tanker, som tumlede i dem, fyldte ligesom Luften, saa at hver Lyd blev tung og fik Betydning.

De hørte alle tre Døren til Bispekammeret ovenpaa og Gabriele, som steg ned ad Trappen. Idet Johannes lagde Avisen fra sig, saa Faderen op fra sin, deres Øine modtes, og Fru Jürges forstod, at noget var aftalt mellem dem.

Gabriele var bleven forundret selv, over at hun græd; og hun havde da roligere sat sig hen til Vinduet og tænkt. Foran sig havde hun det gamle Hus, som Vinden sled i, og bagenfor steg Fjeldene med Skov, der sortnede altmere, som hun sad der og tænkte.

Hun tænkte paa den stakkels Fru Jürges og begyndte at ane, hvorledes hun maatte være forpint, og hvorledes Musik — saa lang Tid savnet kunde overvælde hende saaledes. Men derfra tænkte hun ogsaa paa det Liv, denne Kvinde havde levet, paa selve dette Hus og denne Kreds, som hun nu selv stod i Begreb med at gaa ind i, paa hele den Aand, som her formede Livet, som havde formet et Liv saaledes som Fru Jürges's.

Gabriele vilde klamre sig til sin Kjærlighed. Og hun tænkte sig sin Johannes saaledes som hun havde lært at sætte Pris paa ham — saa stadig og trofast mellem alle de andre, der fløi hid og did. Hun fik saadan Lyst til at løbe ned og sætte sig hos ham og tale fuldt ud med ham om alt det, som fyldte hende.

Men saasnart hun huskede, at Johannes var i Kontoret med Faderen, stansede Gabrieles Tanker foran denne Fader og det gik op for hende: — ganske sikkert maatte hun ikast med ham, hun maatte rive Johannes ud af Beundringen for denne blinde Overlegenhed — saa ond og saa snever. Hun tændte Lys og ordnede sig; og gik saa nynnende ned ad Trappen, somom hun vilde vise sig selv at hun var ganske rolig — ikke det ringeste ophidset, men endmindre ræd.

Alligevel førte hun med sig, da hun traadte ind i Stuen, ligesom en liden Hvirvel fra Stormen udenfor; og hverken Johannes's Glæde over at se hende igjen — frisk og smuk, eiheller Præstens næsten overdrevne Elskværdighed kunde forhindre, at Fru Jürges ængstelig skottede hen til denne underlige Svigerdatter, der mer og mer truende voxede op foran hende.

Præsten prøvede ved smaa Bemærkninger fra Avisen at faa Samtalen igang — saaledes som han vilde have den; men der var ingen, som bed paa. De

Forlovede talte sagte sammen — Gabriele havde trukket Gyngestolen tæt
hen til Sofaen —; og Fru Jürges bøiede sig fremover en af Aviserne paa
Bordet og læste, for ikke at forstyrre de Unge.

Men efter Aftensbordet havde Daniel Jürges besluttet, at nu skulde Slaget
staa; og han sagde til sig selv: det er bedst at tage Tyren ved Hornene:
„Du har igrunden Ret — Johannes! — det Kald duer ikke for dig.
Kapellan i Kristiansand er ingen Fremtidspost; og jeg er desuden bange, at
Gabriele vilde finde det langt fra Hovedstaden til at begynde med — ikke
sandt?"

Johannes var faret sammen og blev ganske rød:
„Jeg har jo hellerikke tænkt paa at søge den — kjære Far!"

„Nei, nei — men vi maa begynde at se os om. Du er nu — Gud ske Lov
— kommen saa langt, at du kan søge."

Gabriele smilede: „Og naar man hører, at en theologisk Kandidat s ø g e r ,
saa ved man strax, hvad det er, han søger. Det er naturligvis Guds Rige,
som man jo skal søge først."

„Dette er ikke Ting, man spøger med — Frøken Pram!" sagde Præsten
kort og vendte sig for første Gang mod hende i al sin Værdighed.

Men Gabriele svarede uden at blinke: „Det er helleringen Spøg, men et
saare alvorligt Citat."

„Aa, jeg ved godt, hvor De har det fra," svarede Præsten roligt smilende;
„jeg kunde næsten tænke, det maatte være det Slags sygelige
Paradoxmagere, som havde lært Dem denne Ringeagt for Præstestanden."

„Ringeagt," sagde Johannes og vred sig; — „jeg tror ikke, man kan sige, at
Gabriele nærer, hvad man kalder Ringeagt —"

„Nei— det er snarere Afsky," afbrød Gabriele rolig; „men derfor synes jeg
ikke, vi skulde tale om den Ting netop her."

„Jo netop her — netop her i dette Hus, hvor der bor en af disse Afskyede!
— her skal vi tale om den nye Tid og dens Opfatning af Herrens Tjenere."

Daniel Jürges reiste sig op i sin fulde Høide, og Gabriele følte sit Hjerte
banke, idet hun saa op til ham fra Gyngestolen. Johannes vilde gjøre Miner
til Faderen; men i Virkeligheden turde han ikke; og Fru Jürges tog paa at
skjælve, saa Avisen raslede mellem hendes Fingre.

Præsten gik et Par Gange op og ned, for at dæmpe sig og ordne Ordene,
der altfor rigelig vilde trænge frem; men just, da han stansede foran
Gabrieles Stol og skulde til at begynde, sagde hun: „— siden Johannes slet
ikke tænker paa at blive Præst —"

Hun stansede, da hun følte, at alle tre saa paa hende, og hun vedblev: „Ja
— for ikke sandt — Johannes! — det har du jo lovet mig!"

Der gik nogle Trækninger over Johannes's Ansigt, og hans ellers saa klare

Øine fik ikke Fæste nogetsteds, medens han søgte efter Ord. Men med en Anstrængelse gjenvandt han sit rolige Udtryk og sin faste Stemme:

„Vi har — som du selv ved — Gabriele! aldrig talt om dette fuldt ud og i Alvor. Men det er sandt: der er et Løfte — ialfald noget, som kan ligne — eller opfattes som —"

„Nogle Ord af stor Skrøbelighed," afbrød Præsten, „som det forekommer mig lidet værdigt og rimeligt at bygge paa —"

„Nei nei! misforstaa mig ikke!" raabte Gabriele ivrig; „det er ikke min Mening at holde ham ved et Løfte — enten der nu er noget eller ikke. Men jeg er vis paa, at han vil ikke, han kan ikke ville gaa hen og blive Præst — vel? Johannes! du vil naturligvis ikke blive Præst i Statskirken — svar?"

Hun bøiede sig mod ham — halvt smilende, men ogsaa lidt ængstelig; dette var aldrig faldet hende ind; men da hun saa, hvorledes han nu igjen krympede sig, fortsatte hun koldt: „Ja, se det er en anden Sag; saa maa her tales jo før jo heller."

„Gabriele! — jeg beder dig, døm mig ikke for haardt, — jo Far! — undskyld, men lad mig tale; — jeg siger: døm mig ikke for haardt; thi du kunde have Grund, — jeg indrømmer det —"

Gabriele stansede ham: „Hvad vi to har talt sammen, kommer ikke nogen anden ved. Men hvis jeg har misforstaaet dig — eller om du er kommen paa andre Tanker, saa lad os tale ud og komme til Klarhed; og hvis du synes, at det er nødvendigt eller behageligt for dig, at din Far taler med, saa —"

„Jeg vil saa usigelig gjerne, at I to — Far og du — skulde komme til at forstaa hinanden," sagde Johannes.

„Din Far har ikke let for at forstaa mig og min Udvikling," svarede Gabriele og holdt sine Øine roligt fæstede paa sin Forlovede; „thi unge Kvinder nutildags er noget helt andet, end de var dengang, han færdedes i Verden. Der er voxet op en ganske ny Art med andre Anskuelser, en anden Smag — ja jeg tror næsten med andre Følelser. Jeg ved saa godt, at alt dette er Forandringer, som Mændene af den gamle Skole finder at være den sande Kvindeligheds Ruin; og det gjør, at de har saa vanskeligt for at taale os. Det kan gjøre os ondt; men det kan ikke være anderledes, — og igrunden er der vel helleringen af os, som ønsker det anderledes."

Johannes havde gjerne villet stanse hende; thi han vidste, at disse Ord bare gjorde ondt værre. Der lagde sig ogsaa et stramt Smil om Faderens Mund, idet Gabriele forklarede, at Verden var ganske forandret; mens han var borte og ingenting vidste.

„Tilgiv — lille Svigerdatter!" — begyndte han med en Venlighed, som gyste i Fru Jürges; — „tilgiv, om jeg ikke kan tilbagetrænge et Smil. Thi for det første har jeg nu seet to unge Kvinder voxe op under mine Øine, uden at jeg nogensinde har havt vanskeligt for at forstaa dem. Og dernæst er der noget næsten altfor morsomt i denne Ungdommens — jeg mener nu den nye uforstaaede Ungdoms Freidighed. De bilder sig ind, at disse Tanker, som nu suser dem gjennem Hovedet, er noget splinter flunkende nyt; mens de i Virkeligheden ikke er andet end den samme Vaarvind, som engang har blæst hen over os alle. Nei det nye — det virkeligt nye —, det er kun denne Freidighed, — og den har der aldrig været noget Sidestykke til — det indrømmer jeg! — denne Freidighed, hvormed de trækker os — os Voxne Nathuen ned over Øinene og beder os gaa tilsengs et Øieblik, mens de vender op og ned paa Himmelen og Jorden."

Johannes lo og fik et Glimt af Haab om, at Samtalen kunde vendes af i et spøgefuldere Løb; men Gabriele sagde tørt: „Der er imidlertid en Ting, som disse Voxne fra nu af skal nødes til at overlade den freidige Ungdom, og det er Retten og Evnen til at have en Overbevisning og til at følge den i sit Liv. Lad os derfor vende tilbage til Johannes's Præstekald. Svar mig aabent, hvorledes det har sig: vil du være Præst?"

„Det undrer mig, at De spørger paa den Maade," svarede Præsten, før Johannes fandt Ord; „naar De har forbundet Deres Skjæbne — eller ialfald gjort et alvorligt og forpligtende Skridt henimod Forbindelsen med en ung Mand, der har uddannet sig —"

„Aldrig har det faldet mig ind for Alvor, at Johannes kunde ville være Præst."

„Men De maatte dog vide og føle, at han var en troende oprigtig Kristen?"

„Jeg ved, Johannes er for oprigtig til at være en Hykler," svarede Gabriele og rakte sin Haand henimod ham, medens hun vedblev at se op til Præsten.

„Nuvel! — og naar han saa i levende og oprigtig Tro kom til Dem og sagde, at Kaldet var udgaaet til ham at vidne for den Herre, som ham kjøbte —"

„Saa vilde han komme til mig og sige: Farvel Gabriele! — jeg har faaet andet at tænke paa end Elskov og huslig Lykke. Den, som vil tage Korset op og følge Mesteren efter, han kjender hverken Fader eller Moder, — han har hverken Hus eller Hjem."

Johannes trak sin Haand tilbage og stirrede paa hende; men Daniel Jürges smilede atter rolig og sikker:

„O! — jeg hører ham fremdeles — Deres Læremester! Vi kjender denne ensidige og sygelig Hævden af Forbilledet i Kristi Person; men — Gud være lovet! — som K r i s t n e vide vi og —"

Gabriele afbrød ham: „Hvis De vil gjøre den gamle Volte —- Hr. Pastor!

at vrænge Forbilledet ind og Forsoneren ud, saa skal De ikke uleilige Dem for min Skyld. Jeg ved godt, at det er en smal Sag for de Skriftkloge at snakke saa længe, indtil der bliver den skjønneste Overensstemmelse mellem det korsfæstede Forbillede og de dekorerede Efterfølgere — jeg kan det hele: det er bare Korset, som skifter Plads."

Fru Jürges gjorde uvilkaarligt et lidet Hop i Sofaen, og Johannes reiste sig og bøiede sig over Gabriele: „Vær dog ikke saa strid — Gabriele! jeg bønfalder dig!"

Men Præsten Jürges selv blev blussende rød; thi han havde seet et lidet Kast med Hovedet, som Gabriele gjorde henimod Stiftsprovstens Portrait, og han følte sin længe bekjæmpede Nidkjærhed blusse op i sig.

Men Johannes, som var gaaet forbi Gyngestolen, kom hen til ham og sagde:

„Kjære Far! lad os ikke blive for ivrige. Gabriele har en egen Maade — jeg finder den ikke rosværdig, og jeg kan forstaa, den irriterer dig; men hun mener det kanske ikke saa haardt; lad os heller høre mere specielt, hvad det er, hun for Alvor har imod den præstelige Virksomhed."

„Og det spørger du? — du ved dog saa godt, at jeg anser hele Statskirken med en Konge i Spidsen og hele den officielle Gudsdyrkelse for det mest bespottelige Vrængebillede af Kristi Liv og Lære! — det ved du — Johannes! — og det troede jeg rigtig, at du var enig med mig i."

„Nei nei — Gabriele!" raabte Johannes ivrig; „du gaar altfor vidt; du kan ikke ville sige, at jeg skulde have givet dig Anledning til at formode, at mine Anskuelser vare — end ikke paa langt nær saa vidtgaaende som dine — "

„Men du har altsaa været og er altsaa inde paa det samme?" — spurgte Præsten.

„Nei! nei! — Far! misforstaa mig endelig ikke! — men du ved selv, der gives jo — der er jo i vore Dage Tale om visse Reformer — kirkelige Reformer, som — det nægter jeg ikke — ialfald til en vis Grad vinder mit Bifald. Der er saavel i Kirkens ydre Forhold som ogsaa i selve Menighedslivet flere Punkter — "

Saaledes blev han ved og opnaaede efterhaanden at finde den Tone, som Professoren havde lært ham, naar det gjaldt at bygge Bro fra gammelt til nyt uden at falde ned. Men der var ingen, som gav Agt paa hans Tale.

Præsten begyndte at tænke paa, at det paa en vis Maade var heldigt, at Gabriele drev det saa vidt udover alle Maal og Grænser. Om der muligens i Johannes var begyndt et snigende Frafald, saa kunde han itide skræmmes tilbage. Og sin Vrede overfor den unge Dame søgte han at dæmpe ved at mindes, hvem hun var, hvor meget der fulgte hende og hendes Navn, og hvor alt skulde blive lyst og godt, naar hun først var knækket. Men det maatte ogsaa til! — og han ønskede bare, at der ikke skulde behøves altfor haarde Midler.

Men Gabriele havde en pinlig Følelse, mens hendes Kjæreste talte. Det blev mer og mer aabenbart, at han ikke var den samme her i Huset som inde i Byen. Det, som før bandt dem trods al Uenighed, kunde hun ikke længer faa Tag paa; han kom bort fra hende, og hun følte det smerteligt, at Johannes gled over til den modsatte Side.

Men saaledes som hun var, faldt det hende ikke ind at trække ham til sig igjen lempeligen og ved at komme ham lidt tilhjælp; hun afbrød ham tvertimod i hans behændige Arbeide midt ude paa Broen og sagde mismodig: „Det hænger ikke sammen, hvad du der siger — Johannes!"

Han stansede og gjorde — lidt utaalmodig en Vending mod hende. Men Faderen, som havde brugt Tiden til at neddæmpe sit Sind, tog nu Ordet paa en ganske ny Maade — roligt, næsten indrømmende. Det var nu hans Agt at føre Samtalen fra denne store Almindelighed ind paa mere specielle Stridsspørgsmaal, hvor der var mere Brug for Lærdom og Beviser end for store Ord.

„Lad saa være," sagde han, „at det er som Johannes siger, at Kirken trænger til sine Reformer. Husk Kirken er et gammelt Hus, — kanske ikke helt fri for sine Skrøbeligheder. Men saalænge Guds Ord prædikes purt og rent — og det har jeg da endnu ikke hørt benægte selv ikke af vore vildeste Kristusfiender —"

„Purt og rent!" afbrød Gabriele; „det vil sige, at de Skriftkloge trækker frem, hvad de behøver, og stikker Resten under Stolen."

Fru Jürges hoppede helt hen i det borteste Hjørne af Sofaen; og Johannes sagde lidt ærgerlig: „Nei Gabriele! nu ved du slet ikke, hvad du siger."

„Din Kjæreste gjør ellers Indtryk af at vide god Besked om, hvad hun vil sige," sagde Præsten venligt.

„Naturligvis," svarede Gabriele; „jeg mener ogsaa, hvad jeg sagde."

„Skulde De da ikke ville være saa snil at nævne os et Exempel, hvor disse Skriftkloge, — som formodentlig i Deres Mund skal betegne Statskirkens Præsteskab? —"

„Betegner ikke de Skriftkloge det herskende Præsteskab i det nye Testamente?" spurgte Gabriele krigersk.

„Nu ja, derom ville vi ikke stride," sagde Præsten, „skjønt der vel kunde være adskilligt at bemærke til det ogsaa. Men sig os heller — nævn os et Exempel, hvor der i vor Kirkes Lære er trukket noget utilbørligt frem og noget stukket under Stol?"

Gabriele gyngede frem og tilbage, mens hun svarede: „Det vilde lidet nytte, om jeg kom frem med mine Exempler. Thi Skriftklogskaben er saa gammel og snedig, at det, som er for et almindeligt sundt Menneske som at løbe Panden mod Væggen, det er for Theologien en aaben Port saa gladelig."

„Da vi nu imidlertid Staar foran Dem — to af disse Skriftkloge — en gammel og en ung," sagde Præsten fremdeles mildt og roligt, „som i al Oprigtighed tror, at vor Kirkes Lære er den sande og uforfalskede Kristendom — udgaaet af Herrens egen Mund, optegnet og bevaret af Kirkens hellige Mænd, — vil De saa ikke, istedetfor at bryde Staven over os i store og almindelige Ord, heller nævne os noget bestemt, paavise om det saa kun var et eneste Punkt, hvor Kirken trækker frem og putter tilside, bortforklarer eller omgaar noget i Kristi Lære —"

„— noget væsentligt" — vilde Johannes indskyde; men Faderen fortsatte til Gabriele uden at agte paa ham:

„Finder De ikke selv, — efter hvad De har sagt —, at dette er etslags Pligt for Dem, hvis ellers Pligt er et Ord, som findes i Tidens reviderede Ordbog?"

„Naar De tar det paa den Maade," svarede Gabriele, „skal jeg komme med mine Exempler, forat De ikke skal faa det vendt saaledes, at jeg farer med løst Snak. Men husk ogsaa paa, at jeg paa Forhaand ved, at det intetsomhelst Indtryk vil gjøre paa Dem, der er oplært og afstumpet i Ufeilbarligheden, det er kun for mig selv, disse Exempler har Værd. Det første er det Bibelsted, hvorpaa I har bygget Barnedaaben —"

„Jeg kunde næsten tænke det," sagde Præsten og smilede til sin Søn, „det er næsten altid der, det begynder."

„Ja jeg ved jo," raabte Gabriele, „at I staar med Lommerne fulde af Fortolkninger; men jeg finder nu, der maatte ganske anderledes Hjemmel til, for at gjøre et Sacrament af en i og for sig saa meningsløs Ceremoni som det at døbe smaa Børn. — Men nu kommer et Ord, som er stukket under Stol; — jeg kan det udenad: I skulle aldeles ikke sværge; hverken ved Himmelen, thi den er Guds Stol, eiheller ved Jorden, thi den er hans Fodskammel, eiheller ved Jerusalem, thi den er den store Konges Stad; eiheller ved dit Hoved; thi du kan ikke gjøre et Haar sort eller hvidt. Men Eders Tale skal være ja — ja, og nei — nei! — hvad der er over dette, er af det onde. Naar man nu ser, hvad I har gjort ud af det lille Ord: lad de smaa Børn komme til mig; saa maatte man dog vente — ja være vis paa, at et Ord saa tydeligt, saa udtømmende, saa ganske ualmindeligt energisk som dette om Eden — at det maatte være opbevaret og opretholdt paa det mest samvittighedsfulde i denne Kirke, hvor Kristendommen er saa ren og uforfalsket! men jeg skal fortælle Dem — mine Herrer!" — og Gabriele reiste sig i Stolen, „jeg skal fortælle, hvorledes det gaar for sig i denne kristelige Stat — midt for Kirkens Øine — ja i den; — det gaar saaledes for sig, at der vrimler af Eder, lige op til en saadan Bespottelse, at der kræves Ed som en Betryggelse af selve de Borgere, som skulle styre Statens og Statskirkens Anliggender. Kristi Kirke forlanger, at den, som ikke vil bryde Kristi eget klare Ord ved at sværge, han faar ikke Lov til at befatte sig med Kirkens Anliggender. Kommer der en, som ikke vil sværge, fordi han ikke tror — væk med ham. Og kommer der en, som ikke vil sværge, netop fordi han tror, — væk med ham ogsaa. Kun de, der ere saa sløve eller forhyklede, at de ikke betænker sig paa at bekjende sin Kristentro ved at forhaane den, som ikke blues ved at spytte Mesteren i Ansigtet og kalde det Ærbødighed — kun disse kan denne kristelige Stat bruge! Og Præsterne! — de dækker over og beskytter af al Magt denne Skjændsel, fordi de ved og føler, at hele Mekaniken er indrettet paa samme Maade med Spilfægteri og Stikken under Stol — helt oppe fra Toppen og helt ned til Bunden! — Og alt dette! — det sker ikke under Indrømmelse af, at det desværre staar lige daarligt til baade med Liv og med Lære, — nei! — frækt trodses der paa, at dette — just dette er den sande, den uforfalskede, den ægte Kristendom! — Og I ved det! — du ved det — Johannes! — du kan umuligt være kommen saa langt, som jeg ved, du er, — uden at have seet det uhyre Bedrageri med alle disse Kristne og al denne Kirkehumbug! —— du kan ikke skuffe mig saa græsseligt; sig det! — — sig, at d u vil ikke være med, før vil du bide Tungen af dig!"

Da hun stansede, fór Stormen just henover Huset med et saa vældigt Tag, at det formelig rystede, og Fru Jürges var næsten halvdød af Skræk. Johannes stod ganske raadløs midt paa Gulvet og famlede efter, hvad han skulde sige. Forgjæves søgte han i Farten efter det, han havde lært at sige om Eden, for at vinde Tid; men det eneste, som vilde fremstille sig for ham, var Spørgsmaalet i Pontoppidan: er det da slet ikke tilladt at sværge? — og Svaret: jo, naar øvrigheden paa Guds Vegne kræver det. Men Skriftstederne, hvor var de? — det var ham ikke muligt at huske dem i dette Øieblik; men der var naturligvis mange; og det vilde han netop til at sige, da Faderen brød løs med sin vældige Stemme, der overdøvede Uveiret og rungede for deres Øren. Han kunde ikke længer smaaligt dvæle ved Gabrieles Exempler; men idet den længe indestængte Nidkjærhed brød frem, tog han Bladet fra Munden og sagde hende den fulde Sandhed uden Skaansel; medens hun laa tilbage i Gyngestolen — ubevægelig med Hænderne for Ansigtet. Han udtømte over hende Herrens Vrede over Tidens Frafald i Ord saa veltalende og kraftige, at det mindede Johannes om de gamle Profeters Sprog.

Det var et Opgjør, et Udbrud af alt det, som havde samlet sig op i ham, fra hun betraadte hans Hus — hun, denne Udsending fra den nye Tid, som han hadede, — hadede med hele sit Livs Trods, med alt det uforsonlige Raseri, som havde hobet sig op i ham, mens han havde været med paa at stampe mod Tiden, som pressede sig frem, indtil alt, hvad der havde været ham kjært, var vendt til Bitterhed; — hvad der udgjorde hans Haab i Ungdommen, havde han selv maattet være med at knuse; — alt var blevet Galde og arrigt Nag, thi formastelige Hænder havde udstrakt sig mod det hellige — formastelige Hænder — formastelige —

Han stansede og tog sig til Hovedet; det var et Øieblik blevet sort for hans Øine. Han ventede, indtil Blodet igjen kom i Løb og fortsatte strængt og med høi Værdighed:

„Thi inderst inde er Vantroen ikke andet end ondt og lavt, feigt og hovmodigt blandet sammen. Og naar den i vore Dage vil give sig Skin af at sky Spilfægteri, for at søge Sandhed og Ret for store og smaa, saa er det ikke andet end det modbydeligste Spilfægteri. Thi selve Kristusfiendskabet bestaar i at ville hæve det lave op og det høie ned, sig selv i Høisædet og alt, hvad der er høit og helligt, ned i Skarnet under sin Fod. Men sandelig! Gud lader sig ikke spotte!"

Gabriele sprang op; hun vilde sige ham imod. Præsten stansede, og der blev et Øieblik saa stille inde i Stuen, at de hørte Gyngestolen vugge et Par Gange, før den stansede. Men Gabriele fandt ingen Ord.

Hele Stemningen fra imorges efter Prækenen kom over hende, men med en saa forøget Voldsomhed ved det Oprør, som allerede var i hendes Sind, at da hun skulde til at forklare ham, hvor dybt og uretfærdigt han krænkede hende, følte hun, at hvis hun slap sig løs, vilde hun komme til at lægge hele sit Sjæleliv aabent for denne Mand; og det var han ikke værd; fordi han ikke v i l d e forstaa.

„Sig ham det du — Johannes! — sig ham, at det ikke er sandt!"

Gabriele rakte Hænderne mod ham, forat han skulde gribe dem og komme til hende; men Johannes foldede sine som til Bøn. De sidste Øieblikke havde suset forbi med Stormens Fart, og noget af Stormens Vildhed var faret i dem alle. Johannes følte, her var ingen Forsoning mulig; han maatte vælge, og i sin Vaande begyndte han at bede halvhøit.

„Svar mig, hjælp mig!" — raabte Gabriele utaalmodig og gjorde et Skridt imod ham. Men Præsten Jürges traadte imellem og stansede hende:

„Forstyr ham ikke! — lad ham søge Hjælp og Raad der, hvor det alene er at finde. Og vælg saa — min Johannes; om du vil forraade den Herre, som dig kjøbte, og følge Korsets Fiender —"

„Nei nei!" — raabte Gabriele, „Spørgsmaalet er for dig: vil du være ærlig og tilstaa, at du langtfra er nogen sand Kristi Efterfølger — langtfra! — og at du ikke med aabne Øine vil gaa ind til et Liv fuldt af Løgn og Bedrag."

"Johannes — min Søn!" sagde Præsten, og hans Stemme blev skarp som før — inde i Kontoret; "jeg ser, du vakler —"

Men da løste Johannes sine foldede Hænder og rakte dem mod Faderen: "Jeg slipper Jesum ei!"

"Fy!" — sagde Gabriele; hun vendte sig hurtigt fra ham og strøg Forlovelsesringen af Fingeren. Fru Jürges saa den trille hen over Bordet og raabte: "Vil du slaa —"

Vil du slaa op med ham, — vilde hun sagt; men følte i det samme, at Ordet ikke passede i dette Øieblik; og hun blev derfor siddende og stirre paa Lampefoden, hvorunder Ringen var løbet ind.

Gabriele stod ogsaa et Par Secunder og stirrede forladt ind i Lyset; men pludseligt tog hun sig sammen.

"Godnat! — allesammen!" — sagde hun og gik mod Døren.

Johannes vilde ile efter; men hans Fader holdt ham tilbage: "Lad hende sove paa det. Ikke mere iaften; imorgen er det — Gudskelov! ogsaa en Dag. Jeg sagde dig — Johannes! der maatte kraftige Midler til; lad os takke Gud, at det er over, og at du seierrig bestod i Prøvelsen. Imorgen ville vi formilde denne strænge Aften og jeg — jeg skal intet Nag bevare, — det lover jeg dig. I min Præken skal jeg give hende de gode Ord, hun kan behøve efter Tugtelsen og senere hos Fogdens —"

Fru Jürges løftede en Haand: "Hun tar sit Tøi paa."

"Sludder Mina!" sagde Præsten ærgerlig; "hvor skulde hun gaa hen nu?"

Men Johannes løb hen og rev Døren op. Der stod Gabriele allerede indhyllet i sin Pelskaabe ifærd med at stige i de forede Galoger.

"Men Gud! — Gabriele! — hvor vil du hen? — du maa være ganske fra dig selv," raabte Johannes og skalv nu endnu mere end Moderen; "kom dog ind igjen og tag det ikke paa denne Maade."

Gabriele gjorde sig fri for hans Hænder og sagde bedrøvet: "Vi har ikke mere noget at sige hinanden. Du var ikke den, jeg troede. Farvel! — og lad mig gaa."

Hun havde allerede Haanden paa Dørklinken.

"Frøken Pram!" — raabte Præsten ganske ude af sig selv; "Deres Opførsel er af en saadan Beskaffenhed —"

Gabriele vendte sig roligt om, somom hun kom til at huske noget og gik med en Sikkerhed, som næsten virkede beroligende paa dem alle i denne urimelige Situation, et Skridt henimod Fru Jürges og rakte hende sin Haand:

"Tilgiv, at jeg forlader Dem paa denne Maade; jeg gaar over til

Lensmanden. Det vilde ikke være mig muligt at blive her inat, og imorgen reiser jeg hjem. De maa ikke være vred paa mig. Farvel!"

Dermed bøiede hun sig hurtigt ned og kyssede den lille Dame; og før nogen vidste Ord af det, var hun ude af Døren. Den løse Sne stod som en Sky om hende, idet hun forsvandt, og Vinden trykkede Døren i med en Fart.

Johannes greb efter sin Frak.

„Nei — nei!" sagde Præsten.

„Jo, jeg vil!" svarede Johannes og saa sin Fader ind i Øinene.

Daniel Jürges tumlede tilbage for dette Blik, og først nu fattede han, hvad der var tabt.

Men Fru Jürges, i hvis Hoved denne skrækkelige Dag havde havde blandet stort og smaat endnu vildere end sædvanligt, stod og brændte for at Johannes endelig ikke maatte glemme de store Pelsstøvler. Tilslut tog hun Mod til sig og trak dem frem af Krogen.

XI

Stormen havde sprængt sig. De svære Sneskyer, som den havde presset ind mellem Fjeldene hele Dagen, sprak med en Gang som Dyner, og Dunen vældede ud og opfyldte Luften, saa at selve Stormen blev tung og mat og maatte sagtne Farten.

Men i de sidste Kast var endelig det gamle Hus bukket under; — saa stille var det splittet — det raadne Tømmer, at ingen i Præstegaarden havde hørt det gjennem Stormen; og helleringen havde seet Præstens Hø løfte sig, da Taget kastedes af, og fyge afsted som et Slør, der løste sig op og forsvandt udover Markerne.

Paa Gaarden hvirvlede nu Sneen tæt i store Filler, og Lyset fra Præstegaardens Vinduer skinnede gult i Striber udigjennem Mørket.

Fruen gik foran med Lyset og Præsten bagefter med Piben og Aviserne.

Fra de Unge forlod Huset, havde Daniel ordnet sine Ting og slukket Lampen uden at sige et eneste Ord og uden at give det mindste Agt paa hende.

Hun turde hellerikke forstyrre ham med et Ord — ikke engang, da de gik forbi Bispekammeret, og hun følte en saa brændende Lyst til at sende Gabrieles Nattøi og Toilettesager hen til Lensmanden med en af Drengene. Men hun vidste, hvor galt det gik hende, naar hun med sine Hverdagsbekymringer rev ham ud af hans alvorlige Tanker.

Daniel klædte sig hurtigt af og gik tilsengs. Fru Jürges undrede sig paa ham, mens hun klædte sig af. Thi saalænge de havde været gifte, havde han hver Aften røget en Pibe og læst Aviser paa Sengen. Idag havde han taget baade Piben og Aviserne med sig; men de laa urørte paa Bordet og hun kunde høre, at han ikke sov.

Han tænkte naturligvis paa det samme som hun, paa denne besynderlige Svigerdatter, de havde havt i to Dage; thi Fru Jürges ventede ikke, at Johannes skulde bringe hende tilbage; det syntes hende ikke rimeligt, saaledes som Gabriele var, og — oprigtigt talt — Fruen ønskede det ikke; — det var ikke nogen Kone for Johannes.

Men hvorledes vilde Bygden optage denne usædvanlige Tildragelse, at Kandidatens Forlovede første Paaskedags Aften var gaaet fra Præstegaarden i Storm og Sne og hen til Lensmanden! — havde det endda været til Fogden!

Fru Jürges havde taget Gabrieles Ring frem under Lampen; hun blev nu staaende halvt afklædt og betragtede den en lang Stund. Og uden at hun vidste det, gled Musiken fra før gjennem hendes Indre; denne Musik, der var forbundet med den unge Kvinde, som havde forsmaaet Ringen; og somom hendes Væsen var blevet forstaaeligt i Tonerne: først nu — som hun stod der, dæmrede det utydeligt for Fru Jürges, at det, hun idag havde oplevet, var som et Speilbillede, et kort Glimt af noget, der laa dybest gjemt i hendes eget Indre — forkrøblet og forpint.

Hun saa paa denne forsmaaede Ring, og hun saa paa sin egen, der tynd og slidt sad løst paa hendes blege Finger, — en enkelt Ring, men af en lang, lang Lænke. Hun kom mod sin Vilje til at tænke paa, hvor de havde været runde og smidige — disse Fingre, og hvor deiligt det var, naar de løb let og legende gjennem Tonerne som i Blomster. Og hun kunde ikke lade være — med en ond Fornemmelse at lægge den fra sig — denne nye, ubrugte Ring, som var forsmaaet.

Og dog — og dog — hvem havde Ret? — hvilken af disse to Ringe havde Ret?

Hun blev ved at klæde sig af; men den nye Musik vendte altid tilbage og løb paa sin frygtløse Maade henad nye Veie; og hendes Tanker gik paa samme Maade tilbage over Livet med et andet Syn paa, hvad der var mødt hende, og tog fat her og der, hvor hun før altid var bøiet af og havde bukket sig under.

Det var ikke, fordi hun havde troet saa meget paa Lovtalerne over hendes Musik; hun var egentlig aldrig kommen saa vidt at tænke sig sit Liv for sig selv paa sine egne Anlæg. Dertil havde hun været altfor ung, og ingen havde lært hende at tænke en saadan Mulighed for en anstændig Kvinde. Derfor var det ingen Skuffelse, og hun kunde ikke bebreide nogen, at hun var kommen ud af Musiken. Men hvad der iaften løftede sig med en bitter

Klage i hende — det var, at hun selv var forsvundet, — hendes eget inderste — det, som udgjorde hendes Sjæl, var bragt til at forsvinde; det var dette uforstaaede Tryk, som altid havde ligget over hendes rastløse Skyggeliv: at hun slet ikke var der for sig selv — for sin egen Skyld; hun var ikke bleven knust, men udstrøget med en Svamp, — ikke trampet paa, men nedtraadt ganske lempeligt, — næsten blødt.

Og mens hun saa nedover sit lille visnede Legeme, vendte denne bitre Klage — hun kunde ikke gjøre for det! — den vendte sig mod ham, der bred og stærk laa i Sengen. Og selve denne Seng, som havde fulgt hende, indtil den var slidt og medtaget af Flytninger, den blev til hele hendes Liv. Der havde hun født alle sine Børn og i Tidens Løb ladet efter sig sin Skjønhed, sin Kvindelighed indtil de sidste Rester, — altid mere træt, mere opslugt af at være alt for andre og ingenting for sig selv; aldrig forstaaet, bare brugt, forsømt og udslidt.

Men hendes Klage vendte hjem igjen til hendes egen Haabløshed, og der flammede intet op i hende, fordi hun var udslukt. Og hun følte det selv, da hun havde slukket Lyset og taget sin Plads under Dynen, hvorledes en uhyre Sørgelighed steg som et Hav med sorte Bølger og skyllede henover et forkrøblet Liv; og hun græd.

„Hvad græder du for — Mina?" — spurgte hendes Mand og reiste sig paa Albuen.

„Aa — det er saa sørgeligt —— saa sørgeligt" — hulkede hun.

„Hvad er saa sørgeligt?" spurgte han lidt utaalmodig.

„Alt — altsammen er saa sørgeligt — saa sørgeligt —"

Et Øieblik blev han liggende halvt opreist og det kogte i ham; men noget tog Modet fra ham; han lagde sig stille ned og lod, somom han ikke hørte, at hun laa og græd og græd, medens lange Drag af Vinden sukkede henover Huset og viftede den tunge vaade Sne mod Ruderne. —

— Imidlertid havde Gabriele arbeidet sig henover Markerne mod Kirken. Hun havde Vinden paa Siden, og Sneen begyndte allerede at udslette den smale Kirkevei, fløi desuden lige i Ansigtet paa hende, saa hun vanskeligt kunde se. Men hun var i et saadant indre Oprør, at den friske Kulde og den legemlige Anstrængelse gjorde hende godt; mens hun hurtigt pilede afsted forbi Kirken og imod Skoven.

Men da hun vendte ind paa Hovedveien og fik Vinden paa Ryggen; og da Blæsten ikke længer piskede hende paa Kinden, men blev til den dybe, susende Tone høit oppe i Grantoppene, — da sagtnede hendes Skridt og Modet sank.

Allehaande Betænkeligheder, som hun havde feiet tilside for den ene store Tanke: at hun vilde bort fra disse Mennesker, — de voxede nu op og og spurgte, om hun kunde finde Veien? — om der var sikkert i Skoven? — om de var oppe hos Lensmanden? — om der ikke var en stor, sint Hund? Indunder Træerne var der næsten stille, og den faldende Sne var bleven brudt og rystet oppe mellem Grannaalene, saa at den dalede ned som et jevnt fintpudset Slør, hvorigjennem hun skimtede Veien og de sorte Træstammer. Den uhyggelige Følelse af Ensomheden i Skoven fik pludselig Magt over hende, og i vild Angst gav hun sig til at løbe.

Men Sneen var løs, og tungt klædt som hun var, kom hun ingen Vei. Hun troede, at bag hvert Træ kom en frem, som tog paa at løbe efter hende; over sig hørte hun det fæle Sus af Vinden; og inde i Skoven knagede og knirkede det saa underligt i Grene, der gned sig mod hinanden, — hun troede, hun skulde blive gal af Skræk.

Da saa hun mellem Træerne et Lys, et lyst Vindu skimtedes gjennem Sløret af Sne, og med et Slag var alt forandret. Det var Lyset, som brændte hos den gamle Synder, der kjendte hendes Far, — hendes gode gamle Fader, — alle de derhjemme, hvor hun hørte til — hun selv, saa sikker ellers og fornuftigt — Gabriele gjenfandt sig selv og stansede; hun smilede af sin Skræk og løste paa Kaaben.

Nu saa hun sig freidigt om og lyttede til det mægtige Brus i Skoven og kjendte ingen Frygt længer. Hun mindedes ogsaa nu klarere den heftige Kamp, hun kom fra, og hendes Tab — en Mand, hun havde stolet paa saa fast, og en Ven, hun saa gjerne vilde elsket og fulgt i Livet.

Thi det var ikke sandt, naar Johannes paa den Maade klyngede sig til Religionen. Hans Tro var for saa vidt fast og oprigtig, som han med Lethed kunde beseire enhver opstigende Tvivl med det, de havde lært ham. Men paa Bunden var han ingenlunde religiøs. Og naar han kunde følge en Mand som Daniel Jürges ind i et Præsteskab som dette, saa var der mellem ham og hende et svælgende Dyb, og det hjalp ikke alt, hvad der talte for ham i hendes Kjærlighed: de maatte skilles.

Hun indsaa ogsaa nu — saa bittert som Tabet var i Øieblikket, hvilken Lykke det var for hende, at hun tidligt havde lært og læst om Elskovens Væsen uden Maaneskin og Uklarhed. Thi mangengang var der kommet over hende en Tomhed, et Savn, somom hun følte sig bedraget for noget, naar hun saa en forelsket Veninde hoppe forlovet afsted med en Student. Den nøgterne Besked, hun vidste om disse Ting, havde ganske vist berøvet Elskoven noget af den meget omtalte zarte Duft.

Men med hvilken glad Taknemlighed følte hun sig ikke i dette Øieblik hel og fri midt i den susende Skov. Og selve den pinefulde Stund, den stærke Ophidselse og Ordene, de havde slynget mod hinanden, — det fik ogsaa efterhaanden et andet Udseende.

Endelig havde hun engang været med for Alvor og udrettet noget. Dette havde ikke været en ørkesløs Disput, hvori Frøken Pram havde faaet Lov til at sige, hvad hun vilde, fordi ingen brød sig om det. Hendes egen Person havde været midt i Striden.

Hun havde ganske vist tabt og nu rømmede hun Valpladsen; men hun lo stille og lunt i Stormen, svøbte sin gode Pelskaabe om sig og fortsatte sin Vei i Sneen.

Skoven, som brummede, Sneen, som dryssede, de sorte Stammer langs Veien — altsammen blev hende saa hjemligt kjært; hun følte sig ligesom i Slægt og Forbund med hele Naturen; og skjønt Lensmandens Vindu igjen blev borte for hende, gik hun modigt videre, og det faldt hende ikke ind at tvivle om Veien.

— Gabriele vendte sig ikke om og saa derfor ikke den Skikkelse, der fulgte efter hende paa Afstand.

Johannes havde løbet lige til Kirken; men da han saa hende gaa ind i Skoven og netop vilde raabe, var h u n begyndt at løbe.

Johannes ilede efter; men da han saa, at hun stod stille, stansede ogsaa han. Saalænge han ikke kunde naa hende, skyndte han sig og vilde raabe. Men nu, da hun bare var et lidet Stykke foran — nu blev han staaende — raadvild, turde ikke gaa frem og kunde ikke komme sig til at raabe paa hende.

Saaledes blev han ved at følge bagefter — bestemt paa at stanse hende ved Lensmandens Grind; men der syntes det ham for sent, for nær Huset; han blev staaende bag det sidste Træ i Skovkanten, hørte hende aabne og lukke Grinden og saa tilslut hendes Skikkelse forsvinde som en sort Prik i Sneen, der faldt tæt udenfor Skoven og lukkede sig efter hende.

Derpaa vendte han om og gik halvt bevidstløs hjemover; medens en ganske kort Tankerække løb rundt og rundt i hans Hoved. Det var Fætterne og deres Slæng og alle de Grin og al den Triumf og omigjen det samme.

Han vilde stanse og alvorligt tænke over, hvad der var skeet. Det syntes ham i enkelte Øieblikke, at han vist maatte være gal. Det var jo umuligt og utænkeligt, at hele hans Liv, hans Kjærlighed og hans gyldne Drømme — altsammen væk! — blæst ifra ham en stormfuld Aftenstund; og selv gik han her og tullede som en Nar i Skoven, og Fætterne kom igjen, han saa dem hilse paa den anden Side af Gaden, han saa, hvor de lo, og han knyttede sine Hænder, somom han vilde slaa midt ind i alle disse grinende Tandrækker.

Først da han naaede frem til Kirken, hvor Sneen faldt frit og kjølede hans hede Ansigt, først der blev det ubønhørligt klart for ham, hvad det var, som var skeet, og at det, som var skeet, stod ikke mere til at ændre.

Men hvorledes og hvorfor? — det var ligesaa klart hans egen Faders Skyld; og den Tanke, som hans altfor store Beundring hidtil bestandigt havde holdt tilbage, — den brød nu gjennem hos ham: den gamle Methode kunde ikke bruges længer. Nu havde han selv paa den allerbitreste Maade faaet føle, at den nye Tid kan ikke trodses ned. Ligesom hans Forlovelse før havde vist sig i sin Sammenhæng med Dagens Strid, saaledes saa Johannes i sit dybe Nederlag, at dette var ham paaført gjennem de forskjellige Aandsretningers Brydning; og han var falden uden egen Skyld som en Martyr for sin sønlige Pietet.

Og den ubegrænsede Beundring for Faderen, som Ulykken i dette Øieblik tog bort fra Johannes, den virkede, idet den forsvandt, som en Befrielse; og som han nu stansede ved Gitterporten og saa hen paa Kirken, byggede der sig atter et Haab i ham; alt hvad denne Dags Storm havde splintret og splittet kunde bøies og føies sammen og alligevel bygges høit mod Himmelen.

Ikke hans egen personlige Lykke — den havde han idag bragt som Offer; men medens han stod og betragtede det lille tykmurede Gudshus, fandt Johannes atter Veien til sine Drømme om en stærk og seierrig Kirke.

Men Tordentaler og afmægtig Trods var der ikke længer Brug for. Guds nye Stridsmænd maatte tage op Tidens Tanker — saa oprørske som de var, paa det at ligesom Sædekornet fremspirer af Forraadnelsen, saaledes skulde Sandheden suge Kraft af selve Vildfarelserne.

Da vilde Livet vende tilbage i den hensygnende Kirke og med Livet Magten; og atter førtes Johannes opad mod de Høider, fra hvilke han denne Aften var tumlet ned i den løse Sne, som alt havde dækket Veien over Markerne henimod Præstegaarden. —

— Og Sneen faldt tæt, tung og nøiagtig — som den falder efter Storm, fyldte Fordybninger, jævnede Spidser og skarpe Kanter. Der blev ganske stille i Skoven, en blød Stilhed som i tykke Dyner, og Snetæppet bredtes tykkere og tykkere nedover Fjeldsiderne.

Men Vaarveir laa i Luften, og Sneen var løs. Vand begyndte at risle under, draabevis nedover samlende sig skjult, for at bryde frem og rive med slg, øgende op og svulmende af Sneslaps nedover Fjeld og Bakker mod Elveløbet i Dalene.

Also available from JiaHu Books:

Garman & Worse – Alexander Kielland
Novelletter – Alexander Kielland
Brand - Henrik Ibsen
Et Dukkhjem – Henrik Ibsen
(Norwegian/English Bilingual text also available)
Peer Gynt – Henrik Ibsen
Hærmændene på Helgeland – Henrik Ibsen
Fru Inger til Østråt -Henrik Ibsen
Gengangere – Henrik Ibsen
Catilina – Henrik Ibsen
De unges Forbund – Henrik Ibsen
Gildet på Solhaug - Henrik Ibsen
Kærligdehens Komedie - Henrik Ibsen
Synnøve Solbakken - Bjørnstjerne Bjørnson
Nils Holgerssons underbara resa genom Sverige - Selma Lagerlöf
Gösta Berlings Saga - Selma Lagerlöf
Den siste atenaren – Viktor Rydberg
Singoalla – Viktor Rydberg
Det går an - Carl Jonas Love Almqvist
Drottningens Juvelsmycke - Carl Jonas Love Almqvist
Röda rummet – August Strindberg
Fröken Julie/Fadren/Ett dromspel - August Strindberg
Egils Saga (Old Norse and Icelandic)
Brennu-Njáls saga (Icelandic)
Laxdæla Saga (Icelandic)
The Little Mermaid and Other Stories (Danish/English Texts) - Hans-Christian Andersen
Die vlakte en andere gedigte (Afrikaans) - Jan F.E. Celliers

www.ingramcontent.com/pod-product-compliance
Lightning Source LLC
Chambersburg PA
CBHW021129130626
46554CB00002B/933